读客

读客外国小说文库

熊猫君激发个人成长

第三人

[英] 格雷厄姆·格林 著　　吴刚 译

江苏凤凰文艺出版社
JIANGSU PHOENIX LITERATURE AND ART PUBLISHING, LTD

THE THIRD MAN
AND
THE FALLEN IDOL

GRAHAM GREENE

献给卡罗尔·里德[1]

满怀赞美与深情

忘不了在维也纳马克西姆饭店、

卡萨诺瓦酒馆和东方夜总会一起度过的许多清晨时光

1 卡罗尔·里德（Carol Reed，1906—1976），英国编剧、导演、演员，《第三人》电影的编剧和导演，《堕落的偶像》的导演。——译者注（书中注释如无特殊说明，均为译者注）

第三人

前言

《第三人》从没想过要写来给人读，它只是为了给人看的。像许多风流韵事一样，它始于一张餐桌，令人头痛地延续到了许多地方：维也纳、威尼斯、拉韦洛[1]、伦敦、圣莫尼卡[2]。

我觉得，对于大多数小说家而言，会在头脑中或笔记簿里对某些故事的最初想法进行酝酿，这些想法最后也一直没有被写出来。有时候某人会在多年以后重新检视这些想法，然后遗憾地发现，它们一度是不错的想法，然而现在已经时过境迁。许多年前，我曾经在一个信封的封瓣上写下过这样一个开头："一个礼拜前我跟哈利做了最后的告别，他的棺材被放入了二月的冻土中，因此当我在斯特兰德街看到

1 拉韦洛（Ravello），意大利海滨小镇。
2 圣莫尼卡（Santa Monica），美国加州洛杉矶的一个卫星城。

他夹在一大堆陌生人中与我擦身而过，没有流露出任何认识我的迹象时，我心中将信将疑。”我跟自己创造的主人公一样，并没有朝着哈利追上去，因此在亚历山大·柯达[1]爵士要我替卡罗尔·里德写一部电影——作为《堕落的偶像》的延续——时，我除了这段开头之外并没有什么东西可以奉上。尽管柯达爵士说想要拍一部关于四强割据维也纳的电影，其实心里是想让我把哈利·莱姆的故事再写下去。

对我来说，要我不先写一个故事就直接写电影剧本几乎不可能。即使是电影，其依赖的也不仅仅是情节，还要有适度的人物塑造，要有情绪和氛围，而这些要我一上来就以电影剧本那种干巴巴的速记方式来体现，我觉得几乎是不可能的。在另一种媒体中再现某种效果可以做到，但要以剧本的形式完成最初的创造却做不到。必须得有更多的材料才能找到感觉往少里去写。因此，《第三人》尽管从来没想过要出版，也必须先写成一个故事，然后才可能进行那过程看似没完没了的从一种处理方式向另一种处理方式的转变。

我和卡罗尔·里德密切合作，一起动脑筋琢磨这些处理方式，每天在地毯上踱来踱去，彼此把场景演给对方看。没有第三者加入过我们的会议，靠的都是两个人之间头脑清晰的思维碰撞。小说家当然

1 亚历山大·柯达（Alexander Korda，1893—1956），英国20世纪三四十年代重要的制片人兼导演。

觉得小说是处理某个特定主题的最佳方式，对于将其变成电影或戏剧的许多必要改动忍不住会产生反感。但是《第三人》的目的从来就只是为一部影片提供原材料。读者们会注意到这个故事和电影之间存在许多差异，可千万别把这些改变想象成是强加到不情不愿的作者头上的：其实这些改变反倒更有可能是作者的主意。事实上，电影要比原来的故事更出色，因为在这次的情况中，相较于故事，电影的完成度更高。

这些改动中的一些有着明显的表面原因。选择一位美国影星而非英国明星就会牵涉到许多改动。举例来说，约瑟夫·科顿[1]先生若是拒绝罗洛这样的角色名就相当有道理。这个名字对他来说必定是荒唐的，而华立这样的名字则会使我联想到美国诗人托马斯·华立·齐维尔斯[2]，想起他那滑稽的形象来。而且一个美国人也不大可能被人错认成著名英国作家德克斯特，后者的文学风格像极了温润才情颇为丰富的埃·摩·福斯特先生。卡罗尔·里德正确地拒绝了一种很不靠谱的情况出现，即添加大量的解释使一部已经太长的影片更添时长。即便他没有这样做，不同身份间的混淆也是根本不可能发生的。还有一小点是：为了尊重美方的意见，用一个罗马尼

1 约瑟夫·科顿（Joseph Cotten，1905—1994），美国影星，在《第三人》中扮演主人公马丁斯。

2 托马斯·华立·齐维尔斯（Thomas Holley Chivers，1809—1858），美国诗人，著有诗集《悲伤的旅途》。

亚人的角色替代了库勒这个角色，因为奥逊·威尔斯[1]先生已经让我们这部戏里有了一个美国人的反派角色了。（顺便提一句，电影里那段关于瑞士自鸣钟的脍炙人口的台词正是奥逊·威尔斯亲自加到剧本里去的。）

我和卡罗尔·里德之间为数不多的几场争论之一是关于结尾，事实成功地表明他是对的。我当时的意见是，这样的一部娱乐片分量太轻，不足以承载起一个不欢喜的结局。里德从他的角度觉得我的结尾——虽说也是暧昧的，没有人说话——会让刚刚见到哈利死去的观众们感到有种令人不快的玩世不恭。我承认当时并没有被完全说服。我担心没有多少人会在女孩自墓园向远方一直走去的时候还等在座位上——他们会觉得这不过就跟我的那个一样，只是个老套的结尾，反倒更加冗长。我没有对里德在执导方面的功力给予足够的考虑，而且在那个阶段，我们俩当然也都不曾预见到里德后来居然能不可思议地发现齐特琴演奏家卡拉斯先生。

俄国人绑架安娜那一段（这在维也纳是完全有可能会发生的事件），直到相当晚的阶段才被删去。它融入故事的方式无法令人感到满意，有可能会使整部电影沦为一幅宣传画。我们无意挑起人们的政治情绪。我们只想娱乐他们，让他们感受到一点点惊悚，让他们笑。

1 奥逊·威尔斯（Orson Welles，1915—1985），美国著名导演、影星，在《第三人》中扮演哈利·莱姆。

事实上，现实只是童话故事的背景。盘尼西林骗局的故事所依据的真相也并不更加残酷，因为有那么多间谍都比约瑟夫·哈宾更加无辜。几天前在伦敦，一位军医带着两个朋友一起去看了这部电影。他看得饶有兴味，却发现那两位朋友看完之后闷闷不乐，意志消沉，对此他大感意外。后来他们告诉他，战争结束的时候他们在皇家空军服役，那时他们自己就在维也纳倒卖过盘尼西林。在看到这部电影之前，他们从来不曾想到过自己的行为居然有可能引发那样的后果。

01

人们永远也不会知道，打击会在何时到来。我初次见到罗洛·马丁斯的时候，在我的秘密警察档案中记录了这样一条：“正常情况下是个快乐的傻瓜。酒喝得太多，也许会惹点小麻烦。每有女人从身边经过便会抬起眼来发表几句评论，但我的印象是他其实乐得清静。从来没有真正长大，或许这就是他那么崇拜莱姆的原因。”我在那儿写了“正常情况下”，因为我是在哈利·莱姆的葬礼上和他初次相遇的。那是在二月，挖墓的非得用上电钻才能打开维也纳中央公墓冻得结结实实的地面，那情形仿佛连大自然都在对莱姆百般拒绝。不过我们最后好歹把他给塞了进去，再把土像砖块一样重新堆回去，他被装进微拱的墓穴。罗洛·马丁斯脚步飞快地离开，好像他那两条瘦瘦的长腿想要跑起来似的，小男孩的那种眼泪滚落在他三十五岁男人的脸上。罗洛·马丁斯相信友谊，这也是为什么后来发生的事情对他的打击之大要远超过对你或对我（你觉得没什么是因为你会将其当作幻觉而不放在心上，而我觉得没什么是因为我会在脑子里马上想出一个合理的解释来，不管这样的解释错得有多离谱）。要是他当时跑来把这事告诉我就好了，那会省下多少麻烦啊。

你要是想弄明白这个奇怪的、相当悲情的故事，就必须至少对背景有点印象——维也纳当时满目疮痍，死气沉沉，四个国家各自在其中占据了属于自己的区域，这四个国家分别是俄国、英国、美国和法国。它们占据的这片区域只在告示牌上有标明，位于城市的中心，由一条公共建筑密集的环路包围着，姿态灵动的雕塑随处可见，被称作内城。在这片曾经颇为时尚的内城里，每个大国以一个月为期轮流——用我们的话说叫“主持大局”，负责城内治安。到了晚上，你要是傻到想把你的奥地利先令浪费到某家夜店的话，就准会见到执勤的国际当局——那是四支武装警察队伍，每个大国一支，相互间用他们共同敌人的语言进行交流——如果他们有任何交流的话。我从来没见过两次战争期间的维也纳，也因为太年轻，不记得那飘着施特劳斯音乐、洋溢着装腔作势的安逸魅力的老维也纳。在我眼里，这只是一座满是断壁残垣的城市，毫无尊严，在那个二月，这些废墟全都为冰雪覆盖，宛如一道道巨大的冰川。那时的多瑙河是一条平静而又浑浊的灰色河流，穿过第二区之后还隔着老远。第二区是俄国人占据的区，那里的普拉特游乐场已被炸得稀烂，荒草丛生，只有大摩天轮在缓缓转动着，它所俯瞰的旋转木马的地基仿佛荒弃的里程碑。周围还能见到几辆没有人来清理的锈迹斑斑的坦克，雪不厚的地方露出几丛被霜冻惨了的野草。我想象力不够，想不出这里以前是怎样一番景象，就像我想象不出萨克旅馆除了是一家供英国军官们中转的旅馆之外还能是别的什么，也怎么都无法看出克恩滕大街是一条时尚的商业街——在我眼里，这条街的大部分才刚到与视线齐平的高度，也就是只有第一层得到了修复。一位戴着毛皮帽子的俄国士兵扛着枪从我身边走过，几个打扮得很俗艳的女人聚集在美国新闻处附近，穿着外套的男人们在旧维也纳风格的窗户里边啜饮着代用咖啡。到了晚上，最好还是待在内城或是其他三个大国占据的区域内。虽说即便是那里也还会有绑架的事件发生——有时候在我们看来是如此毫无意义的绑架——一个没有护照的乌克兰女孩啊，一个老得没有任何利用价值的男人啊，当然，有时候也会有技术人员或是叛国者被绑架。这大略就是罗洛·马丁斯去年二月七日到来时的维也纳。我从自己记录的档案和马丁斯告诉我的尽力重构了整件事情。我已经做到尽可能精确无误了——我尽力不去杜撰任何一句对话，不过我不敢保证马丁斯的记忆也精确无误。若把那个女孩子剔除的话，这就是一个丑陋的故事：阴冷、伤感，让人得不到丝毫解脱，真是多亏了那段关于那个英国文化委员会讲师的荒唐事了。

02

一个英国公民只需揣上五个他被禁止在海外使用的英镑，便依然可以在世界各处畅行无阻，而罗洛·马丁斯若没有接到莱姆从国际难民办事处给他发来的邀请，则无法获准进入奥地利，因为那时的奥地利还是算作占领区的。莱姆向马丁斯提议，他可以把照顾难民的事写成书。尽管这并非马丁斯的写作兴趣所在，他倒也答应了下来。这可以让他度个假，在都柏林的事件和阿姆斯特丹的另一次事件后他迫切想要度个假。他总是想要把女人当成“事件”给打发掉，那都是些他毫无主观意愿却自己找上门来的事情，是保险经纪们眼中的“不可抗力”。他刚到维也纳的时候一脸憔悴，时不时地会回头张望，一度令我起了疑心，后来才知道他在担心为数大概六个之中的某一个女人会出其不意地现身。他模模糊糊地跟我说他最近把喝过的酒都给弄混了——这也只是把自己的境遇换了个说法而已。

罗洛·马丁斯的主业是用巴克·德克斯特的笔名写写廉价的平装本西部小说。书倒是出了不少，但稿费寥寥。若非莱姆向他开出条件，在他抵达之后会用某笔说不清道不明的宣传基金来支付他的花销，他原本负担不起维也纳之行。据他说，莱姆还会为他提供军用代币券——这是唯一在英国的旅馆和俱乐部里流通的货币，面额从一便士起往上都有。所以，马丁斯就是带着正正好好五个无法使用的英镑来到维也纳的。

马丁斯从伦敦动身后，飞机在法兰克福落地逗留了一个小时，其间发生了一桩怪事。当时他正在美国餐厅里吃汉堡（一家厚道的航空公司向旅客们提供了价值六毛五分的食物餐券），这时一个他从二十英尺[1]之外就能看出来是记者的家伙来到了他的桌子跟前。

“您是德克斯特先生？”那人开口问道。

“对。”马丁斯答应着，放松了心中的戒备。

“您比照片上看着年轻啊。”那人说，“愿意随便说点什么吗？我是当地驻军办的报纸的人。我们想了解一下您对法兰克福的印象。”

“可我十分钟前才刚降落。”

“好吧，”那人随即又换了个问题，“那你对美国小说有什么想

1 1英尺约等于0.3048米。——编者注

法？”

“我不读美国小说。”

“果然是以尖酸刻薄的幽默而闻名。”记者说罢，朝一个灰白头发的小个子男人指了指，那人牙齿突出，正在小口小口地啃一小块面包，“那边那个，你说他是不是凯里啊？”

“不认识，哪个凯里？”

“当然是J.G.凯里啦。”

“从来没听说过。”

“你们这些小说家都是不食人间烟火的。我来就是要采访他。”说完他就起身走了。马丁斯看着他穿过房间来到那个有名的凯里跟前，后者给了他一个报纸头版上那种做作的笑容，放下了手中的面包。马丁斯并不是那个记者的采访目标，但他还是不由得有点自得——之前还从来没人称他作小说家呢。这份觉得自己还有点身份的自得感觉弥补了莱姆没到机场来接他的失落。自己没别人有身份总不如自己比别人有身份那样觉着舒服——这种可有可无的感觉令他心中有点小小的刺痛。他站在公共汽车门边，望着雪花纷纷扬扬地落下，那么轻，那么软，令那些建筑废墟间的大雪堆有种永恒的感觉，好像它们不是由这一点一点的飘落堆积起来的，而是如同在永久雪线以上的地区那般从来就有的。

在公共汽车的终点阿斯托里亚旅馆莱姆没有来接他，也没留下口信——只有一个他从来没听说过的叫克拉宾的人给他留了一条含义隐晦的信息："我们在明天的飞机上等你。请逗留原地，别走远。旅馆房间已订。"但罗洛·马丁斯不是那种会待在原地的人。要是你待在旅馆大堂的话，那么要不了多久就会有事件发生。某人会把他喝过的酒给弄混，我仿佛可以听到马丁斯对我说"我已经受够这些事件了。不能再发生了"，然后一头扎入到这些事件中最严重的一起中去。在罗洛·马丁斯的身上总是存在着矛盾——存在于他那荒唐的受洗名和他那精力旺盛的荷兰姓之间。罗洛会对所有经过的女人都看上一眼，而马丁斯则会永远与她们断绝关系。我不知道写下那些西部小说的是这两位中的哪一个。

莱姆给过马丁斯自己的地址，而马丁斯对那个叫克拉宾的人没有丝毫好奇心。尽管他还没有把这事跟在法兰克福发生的对话挂起钩来，但很显然他已经犯下了一个错误。莱姆曾在信里跟他讲过，他可以安排马丁斯住自己的公寓，那是位于维也纳边缘的一套大房子，是从纳粹房东那里征用来的。等他到那里后莱姆可以替他付出租车钱，于是马丁斯便跳上车，来到了位于第三区（英国占领区）的那栋房子。他让车子在下面等着，自己爬上了三楼。

人对寂静的感知实在是很快，哪怕是在维也纳这样一个寂静的城市，哪怕雪正在持续地下着。马丁斯还没爬到二楼就已经确信他不会在这里找到莱姆，但那种寂静比纯粹的缺失更为深邃——它让人觉得他在维也纳的任何地方都不会找到莱姆，而当他来到三楼，看到把手上方那个黑色丝带绾成的大结时，更是觉得在这个世上都休想能找到莱姆了。当然，去世的有可能是厨子、管家或是除了哈利·莱姆之外的任何人，但他知道——他觉得自己在离这里还差着二十级台阶的时候就已经知道——莱姆，那个自从他们在那条有一只裂了缝的祈祷钟的阴冷学校走廊里初次相遇，直到现在为止的二十年里他都当英雄一般崇拜的莱姆，已经不在了。马丁斯没想错，没有全错。在他摁了六次门铃后，一个小个子男人面带愠色地从旁边的公寓里探出脑袋，用恼火的语气告诉他："没用的，里边没人了。他死了。"

"莱姆先生？"

"莱姆先生，当然。"

马丁斯后来跟我说："刚开始的时候，这话对我毫无意义。它就是一条消息，像《泰晤士报》上所谓的'简明消息'。我问那人：'什么时候的事？怎么回事？'"

"他叫车给撞了。"那个男人说，"上礼拜四。"随后他又气咻咻地加了一句，仿佛这真的一点都不关他的事，"他们今天下午给他下葬，你刚跟他们错过了。"

"他们？"

"对，两三个朋友和棺材。"

"他难道不是在医院吗？"

“送他去医院已经没有意义了。他就是在这儿，在自家门口被撞的——当场毙命。车子右边的挡泥板撞到了他的肩膀，把他像只兔子一样撞飞了出去。”

那时，马丁斯告诉我，直到那个男人用了“兔子”那个词，死了的哈利·莱姆才活了过来，变成了一位拿着枪的少年，他曾拿这把枪向马丁斯炫耀自己“借东西”的手段。一位在布里克沃斯公地那片长长的沙地洞穴间一跃而起的少年，口中喊道：“开枪啊，你个傻瓜，开枪！那儿。”而被马丁斯打伤的兔子则一瘸一拐地跑向隐身之所。

“他们要把他葬哪儿？”他问站在楼梯平台上的那个陌生人。

“中央公墓。这天寒地冻的，他们可得费一番力气呢。”

他想不出办法来付出租车费，也想不出在维也纳到底哪里能找到一个房间可以叫他凭着那五个花不出去的英镑住，不过这个问题得往后放放，他先得见到哈利·莱姆最后一面才成。他坐上车直接出城朝着中央公墓所在的郊区（英占区）驶去。要到那里得穿过俄占区，还得抄一条经过美占区的小路，那里一眼就能看出是美占区，因为每条街上都能见到卖冰激凌的冷饮店。有轨电车环绕中央公墓高高的围墙行驶，而在电车轨道的另一边则有长达一英里的一溜做墓碑的石匠铺和花店——一长排似乎望不到尽头的墓碑正在等待着主人，而望不到尽头的花环则在等待着悼念者。

马丁斯在赶赴这场与莱姆的最后约会时，还没意识到这片为皑皑白雪所覆盖的巨大园区大成什么样儿。就仿佛哈利给他留了条口信，“到海德公园来找我”，却没有讲明白是在阿基里斯雕像和兰卡斯特门之间哪个具体的地点；坟墓构成了一条条街道，每条街道都标了数字和字母，像一艘巨轮上的辐条般发散开；他们朝西开了有半英里，然后掉头朝东，再朝北开了半英里，又掉头朝南……原本气势咄咄逼人的家族墓碑在落上雪后有了一种古怪的喜感：一位天使头上的积雪向两边滑落到脸上，像是戴了一顶遮秃用的假发；一位圣徒的唇上则覆上了重重的白色小胡子；还有一座某位名叫沃尔夫冈·戈特曼的高级公务员的半身像，卧于其上的一位醉酒小天使被积雪戴上了一顶平顶筒状军帽。即便是这所公墓也被列强划分了区域：俄国区以毫无品位的手拿武器的男人雕塑为标志，法国区则竖着一排排没有姓名的木头十字架和一面耷拉着的破三色旗。这时马丁斯想起来，莱姆是个天主教徒，不大可能葬在英国区，难怪他们找了半天也没找到。于是他们重新驱车来到一片树林的中心，这里的墓像群狼般蹲伏在树下，在常青树的阴影中眨着白色的眼睛。从树下一度冒出一小伙人来，他们有三个人，身上穿着十八世纪那种奇怪的黑色与银色相间的制服，头上戴着三角帽，合力推着一辆双轮推车，他们在布满坟墓的树林中行过一小段后又不见了踪影。

他们纯粹是碰巧才及时发现了葬礼——巨大公园中一小片积雪被铲到了一边，周围聚了一小撮人，显然在专注于某项非常私人的事务。一位牧师已经说完了要说的话，他的话语悄悄渗入薄薄的、很能“沉得住气”的雪中，一口棺材即将放入地下。两个穿着普通西装的男人站在墓穴边。一个人手里拿着花环，他显然忘了将花环扔到棺材上去，直到他的同伴用胳膊肘捅了捅他才兀然醒觉，将花扔了下去。一个女孩子站在稍远些的地方，双手掩面。我站在二十码外的另一个坟墓边，悠悠然地看着莱姆在这世界上的最后一点动静，小心留意都有谁在那儿——对于马丁斯来说，我只是个普普通通的穿着雨衣的人而已。他走到我跟前问我：“能告诉我他们在下葬的是谁吗？”

“一个叫莱姆的家伙。”我回答道，然后很吃惊地看到泪水开始涌上这个陌生人的眼眶：他看上去不像是个会大哭的人，莱姆在我看来也不像是个会有人为其哀悼的人——我是指真流眼泪、真心哀悼的人。当然，那边还有那个女孩子，不过对于这些泛泛之论，女人向来都是被排除在外的。

马丁斯站在那儿，一直到葬礼结束都离我很近。他后来告诉我，作为莱姆的老朋友，他不想打扰他那些比较新的朋友——莱姆的死是属于他们的，且让他们拥有吧。他当时脑子里有那种不无伤感的幻觉，觉得莱姆的一生——至少其中的二十年——是属于他的。这一切刚一结束（我不是个笃信宗教的人，因此总是对围绕着死亡的那一套劳什子很不耐烦），马丁斯就朝着出租车走回去，看他大长腿甩开的样子真让人担心它们会缠到一起。他没有要和任何人说话的意思，脸上的泪真的是在流淌，再怎么说，我们之中到了这把年纪的，已经没谁能挤出几滴像样的眼泪来了。

你们知道，一个人的档案，是永远也称不上齐全的。一桩案件哪怕经过了一个世纪，所有当事人都死了，也从来不能真正称得上完结。于是我跟上了马丁斯——另外那三个我都认识，我想要认识一下这个新来的。我在他上车前追上他对他说："我没有任何交通工具，可以捎我进城吗？"

"当然可以。"他答应了。我知道我的吉普车司机在我们出来的时候会看到我，然后会悄悄跟上我们的。出租车离开的时候，我注意到马丁斯根本没朝后面望上一望——如果是假惺惺的悼念者和假惺惺的情侣，几乎总是要最后再看上一眼，或是待在月台上挥手作别，而不是像他这样决绝地离开，不再回望。不知这是否是因为那些人非常爱自己，总想着要将他们自己留在别人的视线中——哪怕是死者的。

我开口自我介绍道："我叫卡洛韦。"

"马丁斯。"他应道。

"你是莱姆的朋友？"

"是的。"在过去这个星期里，大多数人在如此痛快地承认之前都会要犹豫一番。

"来了很久了吗？"

"今天下午才从英国来的，哈利要我来跟他一起过一阵子。事先一点都没听说。”

“有点儿震惊吧？”

“听着，我非常想喝一杯，可身上一点现钱都没有——除了五个正宗的英镑。你要是能请我喝一杯，我会感激不尽的。”

这回轮到我说“当然可以”了。我稍微想了想，报给了司机位于克恩滕大街上一家小酒馆的名字。我觉得他不会想在一家生意繁忙的、满是过境军官和军官太太的酒馆里被人看见。这家酒吧——也许因为价格高得有点离谱——每次去店里时能看到的人鲜少会超过一对自顾不暇的情侣。不过也有不好的地方，就是那里真的只有一样喝的东西——一种烈性巧克力甜酒，被侍者卖到了干邑白兰地的价钱。不过据我的判断，马丁斯无论喝什么都没问题，只要这酒能给现在和过去蒙上一层薄纱就行。酒吧的门上贴着一张常见的告示，说营业时间从六点到十点，不过人们一般都径自推门进去，穿过前面的那些房间。我们要了一个单独的小包间，除我们之外唯一的那一对儿在我们隔壁。侍者认识我，所以给了我们一些鱼子酱三明治就不来打扰了。很幸运的是，他和我都知道我有一个可以自由支出的账户。

马丁斯在急匆匆喝第二轮酒的时候开口说道：“我很抱歉，但他是我最好的朋友。”

我忍不住接口道：“这听着真像是一本廉价小说。”这不仅因为我知道我所掌握的信息，也因为我很想让他恼火，这样可以打探出很多东西来。

他几乎不假思索地答道："我就是写廉价小说的。"

不过我还是打探到了一些东西。直到他喝下第三杯的时候，我对他的印象还依然停留在他不是一个很愿意说话的人，但我相当肯定他是那种喝下第四杯后会冒出火气来的人。

我说："跟我说说你自己吧——还有莱姆。"

"听着，"他说，"我很想再喝一杯，但我不好意思再跟一个素昧平生的人讨酒喝了。你能帮我把一两英镑给兑换成奥地利钱吗？"

"你就别操心这个了，"我说着把侍者叫了过来，"等我什么时候放假去伦敦的时候你再请我吧。愿意跟我说说你跟莱姆是怎么认识的吗？"

那杯巧克力烈酒也许会成为一块水晶，从他看着它的样子或者受其影响的样子来看是这样。他说："那可是很久以前的事了。我觉得没有谁是像我那样跟莱姆认识的。"这话让我想起了我办公室里那厚厚一叠特工们的报告，每一份上说的都一样。我相信自己手下的特工，他们全都是我仔细筛选过的。

"有多久？"

"有二十年了吧，或者还要久些。我上学后的第一个学期就认识他了。我至今还记得那地方。我仿佛还能看到那块告示板，见到板上的内容。学校的铃声仿佛就在我耳畔。他比我大一岁，知道学校里的各种规矩。好些东西都是他教会我的。”他用手迅捷地拂过自己面前的酒，然后又恢复到了望着水晶的神情，仿佛是为了能把从中看到的东西看得更清楚些，“说来好笑，我从来也没把自己跟任何一个女人的相遇记得这么清楚。”

“他在学校里聪明吗？”

“不是老师们想要的那种。但他可真会动脑子！策划起东西来简直棒极了。要论功课，我在历史和语文上都比哈利要好得多，可每到执行起他的计划来，我就成了无可救药的傻瓜。”他笑了，在酒和聊天的作用下，他已经开始从死亡带给他的震惊中慢慢走出来。他说：“每次都是我被逮到。”

“这对莱姆来说很容易办到。”

“你到底什么意思？”他问道。在酒精的撺掇下他的火气开始一点点上来了。

“哦，难道不是吗？”

“是我自己的错，不关他的事。他要是真当回事，其实能找到比我更聪明的，但他喜欢我。”当然是啦，我在心中忖道，人都是可以从小看到大的，因为我也发现了莱姆特别有耐心。

“你最后一次见他是什么时候？”

“哦，六个月前他来伦敦开一个医疗大会。你知道的，尽管他从来也没做过医生，但他有医师执业资格。哈利在这种事上是特别的，他就是想看看自己能不能做某件事，然后就没兴趣了。不过他曾经说过，医师资格往往会派上用场。”这说的也是实话。有一点很奇怪，那就是他所知道的莱姆和我所知道的莱姆居然如此相像：唯一不同的仅仅在于他是从不同于我的角度来看的。“我喜欢哈利的一点是他的幽默。”他露齿一笑，令他看上去顿时年轻了五岁，“我是个小丑，我会的只是出乖耍宝，哈利的幽默里可是有真智慧。知道吧，他要是好好干的话，完全有可能成为一个一流的轻歌剧作曲家。”

他用口哨吹了个调子——说也奇怪，我听着居然感到有点耳熟。他说：“我一直都记着呢，我亲眼看着他写的，写在一个信封的背面，只花了两三分钟时间。他脑子里想着什么东西的时候总是会吹这个，那是和他签名一样的调子。”他把这个调子又吹了一遍，这时我听出来是谁写的了——当然不会是哈利。我差点就要告诉他了，但这又有什么意思呢？曲调摇曳着渐渐消失了。他的目光重又落回杯子上，将剩下的一点一饮而尽，然后说：“一想到他居然是这么个死法就替他感到不值。”

“这是在他身上发生过的最好的事情了。”我说。

他没有马上弄明白我的意思，酒精让他有点糊涂了：“最好的事情？”

“对。”

“你是说没有任何痛苦？”

“而且这么个死法也死得很走运。”

最终引起他注意的是我的声调，而非我的措辞。他柔和而又带着危险地问我——我能看见他的右手已经攥紧了：“你这话是有所指吧？”

在任何场合都一逞匹夫之勇是毫无意义的：我把椅子朝后让开，让出了他的拳头能够到的范围。我说：“我的意思是，我已经在警察总部里给他的案子结了案了。他原本是要服长期徒刑的——很长的长期——要不是出了这么桩车祸的话。”

“什么罪？”

“他是这座城市里最坏的黑市交易者，挣的全都是赃钱。”

看得出来，他在测算着我俩之间的距离，最终认定从他坐的地方打不到我。罗洛会想到挥拳击出，可马丁斯却稳重、谨慎。我开始意识到，在他身上，马丁斯是危险的那个。我不禁想，我是不是犯了一个彻头彻尾的错误：我丝毫看不出来马丁斯有罗洛所装出来的那么傻。“你是警察？”他问。

“是的。”

“我一直都讨厌警察。警察总是要么贪赃枉法，要么奇蠢无比。”

“你写的就是那种书？”

我能看见他在把椅子朝旁边挪动，以挡住我的出路。我跟侍者对了对眼神，他知道我的意思——总是在同一间酒吧约人见面就是有这点好处。

马丁斯挤出一层浅浅的笑容，声调平和地说道："我也只能管他们叫警长。"

"在美国待过？"这种谈话真是愚蠢。

"没有。这算是审问吗？"

"只是有点兴趣。"

"因为如果哈利是做黑市生意的，那我肯定也是一路货。我们干什么都在一起。"

"我敢说他是想让你入伙儿的——就把你安排在组织的某个环节。要是他准备把个婴儿塞到你手里，我丝毫都不会感到意外。那就是他在学校里做事的套路——你告诉我的，不是吗？你看，校长慢慢也是会看出点门道来的。"

"你们还是那套老把戏吧？我猜的确有那么个关于汽油的小骗局，你找不到能顶罪的人，所以就挑中一个死人。这正是警察的做法。我猜你是货真价实的警察吧？"

"对，苏格兰场的，但轮到我执勤的时候他们会让我穿上校军服。"

他现在挡在了我从门口出去的路上，我要想开溜就必然会被他逮到。打架不是我的强项，他毕竟比我高了六英寸。我说："不是汽油。"

“轮胎、糖精——你们警察为什么不去抓几个杀人犯换换口味呢？”

“可以说谋杀也是他那黑市生意的一部分。”

这时，只见马丁斯用一只手一把掀翻了桌子，另一只手迅即朝我扑来，然而喝下去的酒令他的计算出现了偏差。还没等他来得及发出第二击，我的司机已经反钳住了他的双臂。“对他稍微客气点，”我说，“他只是个喝多了的作家。”

“消停点，行不，长官？”我的司机对于军官阶层有着非常夸张的敬畏，说不定连莱姆他都会叫上一声“长官”。

“听好了，卡拉汉，或者随便你叫的什么鬼名字……”

“卡洛韦。我是英国人，不是爱尔兰人。”

“我要让别人看到你就觉得你是维也纳该死的超级大傻瓜。这世上还有没有哪个死人是你不想把没破的案子栽赃给他的？”

“明白了。这么说你准备替我找到真凶咯？这听着倒有点像你写的那种小说。”

“你可以放开我了，卡拉汉，比起送你个黑眼圈，我现在更想让人觉得你其实有多傻。黑眼圈只能让你在床上躺个几天。可等我跟你算清账以后，我会让你在维也纳待不下去的。”

我拿出价值两三英镑的军用代币券塞进他胸前的口袋。“这些够你度过今晚了。”我说，“我会让他们在明天去伦敦的飞机上给你留个座。”

“你不能赶我走，我的文件全都合乎程序。”

“说得没错儿，但这儿就跟其他城市一样：你得有钱才行。要是你到黑市上去换钱，我会在二十四小时内就逮到你。松开他吧。”

被松开后，罗洛·马丁斯掸了掸身上的衣服说：“谢谢你请我喝酒。”

“不客气。”

“很高兴我不用觉得欠你人情。我猜这些都能报销吧？”

“对。”

“等过一两个星期我有了消息会再来见你的。”我知道他很生气，因此当时只觉得他在说气话。我想他是在虚张声势，好为自己挽回点面子。

“我明天可以来送你。”

“可不敢浪费您的时间，我不会去那儿的。”

“这位佩恩会带你去萨克旅馆，你在那儿会有床睡，有饭吃。我会搞定的。”

他朝边上一让，看似是给侍者让路，忽然挥起一拳朝我打来。我堪堪躲过他的拳头，却被桌子给绊了一下。没等他再次出拳，佩恩已经一拳打在了他嘴上。他嘭的一声倒在了桌子间的过道里，嘴唇裂了道口子，流出血来。我说：“你不是答应过不打了吗？”

他用袖子擦了一把嘴上的血说："没有，我说的是更想让你成为一个傻瓜。我可没说不想送你黑眼圈了。"

我度过了漫长的一天，已经有点烦罗洛·马丁斯了。我对佩恩说："把他安全送到萨克旅馆。他要是乖，就不用再揍他了。"说罢我就把他们撇在身后朝酒吧内间走去（我该再喝一杯），这时只听得佩恩对刚刚还被他打倒在地的人恭恭敬敬地说道："这边，长官，过了拐角就到。"

03

后面发生的事情不是从佩恩那里听到的，而是隔了很久之后我从马丁斯那里听来的。待重新按顺序构建出发生的事件后，我发现自己的确成了一个傻瓜——尽管并不是以他所期待的方式。佩恩只是把他送到搬运工领班的桌子跟前，交代说：“这位先生是从伦敦坐飞机来的。卡洛韦上校说给他个房间。”交代清楚后他说了声“晚安，长官”就走了。也许马丁斯流血的嘴唇让他感到有点尴尬。

“您有预订吗，先生？”搬运工问马丁斯。

“没有，我想应该没预订过。”他用手帕捂着嘴，声音含混不清地说道。

“我想也许您是德克斯特先生吧。我们有一个给德克斯特先生预留一周的房间。”

马丁斯说："哦，我就是德克斯特先生。"他后来跟我说，他忽然想到也许莱姆会用那个名字给他订房间：出于宣传的目的，也许要用巴克·德克斯特这个名字，而不是罗洛·马丁斯。这时从他身边传来一个声音对他说："很抱歉，今天接机的时候没有接到您，德克斯特先生。我叫克拉宾。"

说话的是个胖胖的年轻人，剪着最自然的发型，戴着副马丁斯见过的最厚的角质眼镜。他带着歉意继续说道："我们有个伙计碰巧给法兰克福打电话，听说了您在飞机上。司令部犯了一个常犯的愚蠢错误，发来电报说您不来了。说是在瑞典有什么事儿，但电文残缺不全得厉害。我一听到法兰克福传来的消息马上就去接机，可还是差了一点，把您给错过了。您收到我留的条子了吗？"

马丁斯用手帕捂着嘴，模模糊糊地说道："对，啊？什么？"

"德克斯特先生，您知道能接到您我心里有多高兴吗？"

"好说，好说。"

"打从我还是个孩子的时候，就一直觉得您是我们这个世纪最伟大的小说家。"

马丁斯闻听此言小小吃了一惊，想要开口反驳，嘴上却又痛得厉害，只好对克拉宾先生怒目而视，但看面前这年轻人的样子又一点不像是在出言讽刺。

"德克斯特先生，您在奥地利很有人气——无论是您的著作还是您的译作。尤其是那本《弧形船头》，我最喜欢这本了。”

马丁斯的脑子高速转动着：“你刚才说——房间订了一周？”

“对。”

“真是太谢谢你了。”

“这位施密特先生会给您每天的用餐券，不过我想您还会需要一点儿零花钱。这我们会搞定的。我们想明天您想安安静静地自己过——四处转转什么的。”

“对。”

“如果您需要个导游什么的，我们当然都听凭您差遣。后天晚上学会里有一场小规模的讨论——关于当代小说。我们想您也许会来上一段开场白，然后再回答一些问题。”

那会儿，马丁斯为了能把克拉宾打发走并确保一周的免费食宿，任何事情都准备答应下来。而且，当然了，据我后来的发现，罗洛对于任何提议——来杯酒，来个妞儿，开个玩笑，找点新乐子——总是欣然接受的。此刻他对着手帕说的是：“当然，当然。”

“恕我冒昧，德克斯特先生，您是牙疼吗？我认识一个很好的牙医。”

“不用。有人打了我，就这么回事。”

“天哪！他们是想打劫您吗？”

“不，那人是个当兵的。我当时想给他那个该死的上校眼睛上来一拳。”说着他拿开了手帕，让克拉宾看了看自己打豁了的嘴。他跟我说克拉宾当时完全说不出话来。马丁斯弄不明白为什么会这样，因为他从来没有读过自己那位伟大的同时代作家本杰明·德克斯特的作品——甚至连他的名字都没听说过。我是德克斯特的超级仰慕者，所以我能够理解克拉宾当时的茫然之情。德克斯特是与亨利·詹姆斯齐名的文体大家，不过他要比自己效仿的大师在各方面都更多些女性气质——事实上他的对头们有时把他那种晦涩、复杂、反复无常的风格描述为“老处女腔”。对于一个五十岁不到的男人来说，他对刺绣的热衷以及用撕东西来平静自己并不怎么暴烈的脾气的习惯——这一点尤其受到其信徒们的喜爱——在旁人看来当然是有那么一点装腔作势的。

“你有没有看过一本书叫《圣塔菲的孤独骑手》？”

“没有，没看过。”

马丁斯说：“这位孤独骑手最好的朋友被某个名为损失索赔峡谷镇上的警长给射杀了。故事讲的就是他如何追杀那位警长——在书里这是合法的——直到完成复仇。”

“我从来没想到您还读西部小说，德克斯特先生。”克拉宾说，而马丁斯用了全部的决心和意志才没让罗洛说出“可我就是写西部小说的”。

“那，我是在用同样的方式找卡拉汉上校复仇。”

“从来没听说过这人。”

"听说过哈利·莱姆吗？"

"听说过，"克拉宾小心翼翼地回答道，"不过我跟他不熟。"

"我跟他很熟，他是我最好的朋友。"

"我可不觉得他是个很——文学的人。"

"我的朋友里面谁都不是。"

克拉宾在角质眼镜后面紧张地眨了眨眼睛。他用息事宁人的口吻说道："不过他对戏剧还是蛮感兴趣的。他的一个朋友——是个女演员——正在学会里学英语。他来接她出去过一两次。"

"年轻还是年老？"

"哦，年轻，非常年轻。叫我说不算是个好演员。"

马丁斯想起了墓地旁那个用手捂着脸的女孩子，他说："哈利的朋友我都想会会。"

"她或许会来听您的讲座。"

"奥地利人？"

"她自称是奥地利的，但我怀疑她是个匈牙利人。她在约瑟夫城工作。"

"为什么要自称是奥地利人呢？"

"俄国人有时候会对匈牙利人感兴趣。要是莱姆帮她伪造了文件的话，我不会感到任何意外。她自称施密特，安娜·施密特。你无法想象一个年轻的英国女演员自称'史密斯'吧？尤其还是个漂亮的。

我始终觉得这个名字太没特点了，因此不太可能是真的。”

马丁斯觉得该从克拉宾那里打听的都打听得差不多了，于是便推托说自己累了，毕竟经历了漫长的一天，答应第二天早上会给他打电话，从他那里接受了价值十镑的军用代币券以备急用，随后便回房间了。在他看来，钱挣起来可真是够快的——不到一个小时已经十二镑到手了。

他的确累了：穿着靴子四仰八叉地躺到床上，他真真切切地感受到了累。一分钟不到，他就把维也纳远远抛到了脑后，开始漫步走在一片积雪没过足踝的密林中。一只猫头鹰叫了几声，他心中陡然生出一股孤独和恐惧来。他在哈利约的某棵特定的树下见面，但在这么一片密密的树林里，他怎么能分得清哪棵是哪棵？这时他见到一个身影，便跑了过去。那身影吹起了一段熟悉的曲调，这令他心头顿时漾起一缕如释重负的喜悦来：原来自己终究不孤单。那身影转了过来，却根本不是哈利——只是一个陌生人，站在一小圈混杂着泥泞的融雪中，对他咧着嘴笑，那只猫头鹰依旧一声接一声地叫着。他猛地醒了过来，听到床边的电话正一声接一声地响着。

一个依稀带了点外国口音——只是依稀一点——的声音从电话那头传来：“是罗洛·马丁斯先生吗？”

“对。”他又成了自己，而不是德克斯特了。

“你不会认识我的，”那个声音毫无必要地说道，“不过我是哈利·莱姆的朋友。”

某人自称是哈利的朋友，这也是个变化。马丁斯的心中对这位陌生人生出些暖意来。他回道：“我会很高兴和你见面。”

“我就在转过街角的老维也纳酒馆。”

“就不能约在明天吗？我被东一件西一件的事情给折腾整整一天了。”

“哈利要我确保你平安无事。他死的时候我在他身边。”

“我还以为——”罗洛·马丁斯话刚出口又停了下来。他原本想说“我还以为他是当场死去的”，但他突然觉得还是谨慎为妙，于是改口道：“你还没告诉我你叫什么呢。”

“库尔茨，”电话里的声音说，“我倒是愿意过来找你，只是你知道吗？奥地利人是不允许进萨克旅馆的。”

“也许我们可以明天早上在老维也纳见面。”

“当然可以，”那人说，“只要你能确保自己平安撑到那时。”

“这话什么意思？”

“哈利想到过你也许会身无分文。”罗洛把听筒贴在耳边躺回到床上，心想：大家来维也纳吧，这儿的钱可好挣了。不到五个小时里，这已经是第三个陌生人在他身上下注了。他小心翼翼地说道：“哦，撑到和你见面没问题。”总得见识一下对方的好意是什么，哪有直接就拒绝的道理？

“那要不就约十一点，在克恩滕大街的老维也纳酒馆见怎么样？我会穿一件棕色外套，手里拿一本你写的书。”

“很好。你怎么会有我的书？”

“哈利给的。”对方的声音很有魅力，很通情达理，但马丁斯在道了晚安挂掉电话后，却忍不住想，哈利死前若是这么清醒，那他居然没有发一个电报过来阻止自己来维也纳又是怎么回事呢？卡拉汉不是也说莱姆当场就死了吗——或者说的是他死得没有痛苦吧？又难道是他臆想出卡拉汉说过这些话的？直到这时一个念头才深深地进入马丁斯的脑子，那就是莱姆的死有哪里不对劲，有某些由于警方太蠢而没有发现的东西。他借着两根烟的劲头想靠自己来发现，但还是睡了过去，晚饭也没吃，谜团也没解开。这是漫长的一天，但又不够长到能让他做完上述两件事。

04

“我第一眼见到他就不喜欢的，”马丁斯对我说，“是他的假发套。是那种一眼就看得出来的假发——浅浅的黄色，后面直直的，没有紧贴着头形。一个男人要是不愿意优雅地接受自己的秃顶，那在他身上准有点弄虚作假的地方。他的脸也是那种类型的，就连皱纹也仿佛是小心翼翼像化妆一样加上去的，加在它们该在的地方——为了展示魅力，体现自己的异想天开，尤其是眼角的那些皱纹。他妆扮好了就是为了吸引那些浪漫的女学生。”

这番对话发生在几天之后——在线索快要全断的时候，他把自己的故事和盘托出了。我们当时坐在老维也纳酒馆里，他第一个早上和库尔茨一起坐过的那张桌子，在他说出那句关于浪漫的女学生的话时，我看见他那猎物般惶惶的眼神里突然有了点神采。有个女孩子——我觉得跟别的女孩子没什么两样，从我们身边匆匆走过，走到了门外漫天的风雪中。

“是美女吗？”

他把紧盯的目光收了回来：“我对那个已经没兴趣了。卡洛韦，你懂的，男人到了某个年纪就把那些个都看淡了……”

“哦，这么回事啊，我还以为你刚才在盯着女孩子看呢。”

“是在盯着看，不过只是因为她有那么一瞬间让我想起了安娜——安娜·施密特。”

“她是谁？难道不是个女孩子吗？”

“哦，对，算是吧。”

“什么叫算是？”

“她是哈利的妞儿。”

“你没有接手吗？”

“她不是那种人，卡洛韦。你在哈利的葬礼上没看见她吗？我已经不会再把喝过的酒弄混了。这场宿醉要跟我一辈子了。”

“你刚才在跟我说库尔茨。”我提醒道。

库尔茨仿佛就坐在那里，装模作样地读着《圣塔菲的孤独骑手》。马丁斯在他的桌子坐下时，他带着一种说不出的虚假热情说道：“你紧张的样子真是棒极了。”

“紧张？”

“悬念。你是营造悬念的大师，在每一章的结尾人们总是忍不住要猜……”

“这么说你是哈利的朋友？”马丁斯打断了他。

“我觉得算是最好的朋友了。”不过库尔茨肯定意识到自己话里面的错误了，于是几乎没有停顿就补充道，“当然，除了你之外。”

“跟我说说他是怎么死的。”

“我当时跟他在一起。我们一起从他的公寓门口出来，哈利看到马路对面有一个他认识的朋友——一个叫库勒的美国人。他对库勒招了招手就开始穿马路朝他走去，就在这时一辆吉普车从拐角疾驶而来，把他给撞倒了。说来错其实是在哈利——不在司机。”

“有人跟我说他当场就死了。”

“我倒希望是如此，不过他也没能撑到救护车来。”

“那他还能说话喽？”

“对，即便很痛苦，他还在担心着你。”

“他说什么了？”

“我记不清确切的原话了，罗洛——我可以叫你罗洛吗？他总是跟我们这么称呼你的。他心心念念地要我在你到了以后照顾你，确保你有人照料，帮你弄到回程票。”马丁斯在跟我讲述的时候插了一句：“瞧，我不仅有现金拿，连回程票都有人送上门。”

“可你为什么不拍电报来阻止我呢？”

“我们拍了，不过肯定是错过了。又要审查，又是分区，电报有时甚至要五天才能到。”

“有人调查了吗？”

“当然。”

“警方有个疯狂的想法，他们觉得哈利跟什么非法的生意有牵连。”

“没有。不过在维也纳每个人都跟黑市生意有牵连。我们都干贩卖香烟、用先令换军用代币券之类的事。在管制委员会里，你找不到谁从来都没坏过规矩。”

“警方的意思指的可是比那糟糕得多的事情。”

“他们有时候会想些荒诞不经的东西出来。”戴头套的男人谨慎地说道。

“我要一直待在这儿，直到我证明他们错了。”

库尔茨坚决地摇着脑袋，连带假发套都很轻很轻地甩了起来。他说：“这有什么用呢？再怎么样哈利也回不来了。”

“我要让那个警官在维也纳待不下去。”

“我看不出来你有什么办法能做到。”

“我打算先从哈利的死开始。你当时也在场，还有这个叫库勒的和那个撞人的司机。你可以把他们的地址告诉我。”

“我不知道司机的地址。”

“我能从验尸官那儿搞到。接下来还有哈利的那个妞儿……”

库尔茨说：“这对她来说肯定很痛苦。”

“我关心的不是她，我关心的是哈利。”

“你知道警方怀疑的是什么吗？”

“不知道，我当时一听就上火了。”

“你有没有想到过，”库尔茨不动声色地说道，“你有可能会挖出一些——嗯，有损于哈利名誉的东西？”

“我愿意冒这个险。”

“这得花上一点时间——还有钱。”

“我有的是时间，而你会借给我一些钱的，对吧？”

“我可不是阔佬。”库尔茨说，“我答应过哈利确保你在这儿一切都好，然后搭上回去的飞机……”

“你不用操心钱——或者飞机的事。”马丁斯说，“不过我要跟你打个赌——用英镑打赌，五镑对两百先令[1]——赌哈利的死一定有古怪。”

他当时说这句话纯粹是黑暗中胡乱开的一枪，可他已经凭着顽强的直觉觉得哪里不对头了，尽管这份直觉还没让他说出“谋杀”这个

1 一英镑合二十先令。

词来。他说这话时库尔茨正把咖啡端到唇边，马丁斯盯着他看。那一枪表面上看来并没有命中目标，库尔茨的手没有任何变化地把杯子递到唇边，长长地啜饮着，发出一点轻微的响声。然后他放下杯子说：“你这话什么意思——什么叫有古怪？”

“对于警察来说，要搞到一具尸体是很方便的事情，可也许，对于真正做黑市生意的人来说，难道不也一样方便吗？”等说完这话，他忽然意识到，库尔茨也许并不对他随意发表的言论无动于衷：他不也有可能是顿时陷入到了警惕和冷静中吗？心中有鬼的人其双手不一定非得颤抖——只有在故事的套路里才会有一只掉落的杯子泄露出内心的惶恐不安。故意的行为往往更显示出紧张，库尔茨喝咖啡的样子像他什么都没听到似的。

“嗯——”他又啜了一口咖啡，“我当然祝你好运，尽管我不相信你会有什么发现。有什么需要我帮忙的只管开口。”

“我要库勒的地址。”

“当然，我会写给你的。那，就是这儿，在美国区。”

“你的呢？”

“已经写了——就在下边。很不走运，我住在俄国区，所以别太晚来找我。我们这儿有时的确会出点事。”他摆出的是他那副刻意的维也纳式的笑容，那种魅力仿佛是用一支细笔小心翼翼画到嘴边和眼角的皱纹里去的。“保持联系，”他说，“如果需要任何帮助……不过我还是觉得你这样做很不明智。”他碰了碰摆在桌上的《圣塔菲的孤独骑手》，“很高兴能见到你。真是本悬疑杰作。”只见他一只手把假发套弄平整，另一只手轻柔地拂过嘴角，拂去了脸上的笑容，就像从来都不曾笑过一样。

05

马丁斯坐在约瑟夫大街剧院后台入口处的一把硬椅子上。午场演出结束后，他把自己的名片递进去，叫人给安娜·施密特送去，在名片上他标明了“哈利的一个朋友”。一道由小小窗户连成的拱廊，窗户上垂着带花边的窗帘，窗内的灯光次第熄灭，这表明窗户后面的艺术家们正在收拾东西回家，去喝一杯不加糖的咖啡，吃一个没有黄油的面包卷，好让他们有力气再进行晚场的演出。这里就像是摄影棚里搭出来的一条小街。尽管在室内，他也很冷——即便对一个穿着厚外套的男人来说也是如此，于是马丁斯站起身来，在那些小小窗户下面来来回回地踱着步。他说，他觉得自己像吃不准朱丽叶家的阳台是哪个的罗密欧。

他有了时间思考：他现在已经平静了，马丁斯相对于罗洛占了上风。当其中一扇窗后的灯熄灭，一位女演员下到他正在踱步的走道上来时，他甚至没有回头看一眼。他对这一切已经受够了。他在心里想，库尔茨是对的，他们都对。我的举动就像个浪漫的傻瓜。我就只跟安娜·施密特说上一句话，一句表达同情的话，然后我就收拾行李走人。他跟我说，他已经把克拉宾先生那摊子事给忘得差不多了。

头顶有个声音喊了声“马丁斯先生”，他抬起头来，看到一张脸正在他头顶几英尺的地方透过窗帘望着自己。我后来又一次讽刺他，说他把喝过的酒给弄混了时，他肯定地向我解释说，这不是一张美丽的脸。这只是一张诚实的脸，深色头发，眼睛在当时的灯光下看起来是棕色的，前额宽阔，大大的嘴巴并不试图让人觉得妩媚。在罗洛·马丁斯看来，眼前的景象没有散发出任何危险的气息：不是那种突如其来的一刻，飘来一阵发香或是一个单手叉腰的撩人姿态，就此改变了生活。只听她喊道：“请你上来好吗？右边第二个门。”

这世界上有那么些人——他小心翼翼地向我解释道——会让人有一见如故的感觉。跟他们在一起令你有说不出的自在，因为你知道自己永远、永远也不会有危险。“安娜当时就是这种人。”他说。我不知道他话里的“当时”是在刻意强调还是并无所指。

跟大多数女演员的房间不同，这间里面几乎没有任何陈设，没有装满衣服的衣柜，也没有摆得乱七八糟的化妆品和油彩，只有门背后挂着的一件晨衣，一件搭在唯一的安乐椅上、马丁斯认出来她在

第二幕中穿过的毛衣，一小听用过一半的油彩。茶壶在小煤气炉上嗡嗡地低声哼鸣。她问："要来杯茶吗？有人上个礼拜给了我一包茶叶——知道吗？有时候美国人在首演之夜不是朝舞台上扔花，而是扔茶叶。"

"我来一杯吧。"他答应道，可其实要说他有什么东西最讨厌的话，那就是茶了。他看着她泡茶，而她的泡法无疑都是错误的：水没有煮开，茶壶没有暖过，茶叶也放得太少。她边泡边说："我从来就没怎么弄明白，英国人为什么那么喜欢喝茶。"

他像喝药一般喝得很快，然后看着她小心而又雅致地啜饮。他说："我非常想要见你，是关于哈利的事。"

这是一个可怕的时刻，他看见她的嘴唇变得僵硬了。

"是吗？"

"我认识他有二十年了。我是他朋友。我们一起上的学，后来——没见面的时间加起来也没多少……"

她说："收到你的名片时，我无法拒绝。可其实我们之间没什么可说的，是吧？没什么。"

"我想听听——"

"他死了，结束了。一切都过去了，了结了。有什么好谈的呢？"

"我们都爱他。"

“不知道。这种事儿没法知道——人都没了。我什么都不知道，只知道——”

“知道什么？”

“只知道我也想死。”

马丁斯告诉我：“当时我差点就想走了。为什么要用我那些不着边际的想法去折磨她呢？可我没走，而是问了她一个问题：‘你认识一个叫库勒的吗？’”

“美国人？”她问，“我想他就是哈利死后给了我一些钱的那个人。我不想收，可他说哈利很担心我——在他最后的时刻。”

“这么说他不是当场就死的？”

“哦，不是。”

马丁斯跟我说：“我开始感到奇怪，为什么我会认定他是当场死亡的，后来我想这只是因为公寓里那个男人是这么告诉我的——只有他是这么说的。我对她说：‘他在最后的时刻脑子一定十分清楚——因为他还记得我呢。这样看来他似乎一点也没感受到痛苦。’”

“我一直都是这么告诉自己的。”

“你见到过医生吗？”

“见过一次，哈利叫我去找的他。他是哈利的私人医生，就住在哈利家附近。”

马丁斯突然在自己脑海中那个建构此类画面的古怪小室中看到

了，这一切发生得突如其来而又没任何道理好讲，他看到了一片沙漠，一个人躺在地上，一群鸟儿渐渐在他身边聚拢。也许这是他自己书中的一幕场景，还没写下来，刚在意识的大门口逐渐成形。这幕景象退去了，他觉得这是多么奇怪啊，他们都在那里，就在那一刻，哈利所有的朋友——库尔茨、医生还有这个叫库勒的人，唯独不见两个爱他的人的踪影。他问："那那个司机呢？你听过他的证词吗？"

"他很不安，吓坏了。但是库勒的证词免去了他的罪责。是的，这不是他的过错，这个可怜的人。我经常听哈利说他是一个开车非常当心的司机。"

"他也认识哈利？"又一只鸟儿拍打着翅膀飞落下来，加入到其他鸟儿之中，围着脸朝下、无声地躺在沙漠上的那个人。现在他能认出那是哈利了，从他的衣服，从他的姿态，那就像是在炎热的午后睡在操场边草丛里的一个男孩。

有人在窗外叫道："施密特小姐。"

她说："他们不喜欢有人待得太久，担心会把他们的电用完。"

他已经放弃了对她要有所保留的念头，于是告诉她："警方说他们本来正准备要逮捕哈利，他们认准了他在做黑市生意。"

她听了这消息的态度几乎和库尔茨一样："所有人都在做黑市生意。"

"我不觉得他牵涉到什么严重的事情。"

“没有。”

“但他也许遭人陷害。你认识一个叫库尔茨的吗？”

“好像不认识。”

“他戴了个假头套。”

“哦。”他感觉到自己击中了要害，于是趁势说下去，“你不觉得有点奇怪吗？他们居然都在那里——在死亡现场？所有的人都认识哈利。就连司机、那个医生……”

她用不抱任何希望的平静说道：“尽管我不认识库尔茨，可我也对此事感到过纳闷。我在想会不会是他们谋杀了哈利，可是光想有什么用？”

“我要让那些杂种受到制裁。”罗洛·马丁斯说。

“你这么做不会有任何好处的。也许警方是对的，也许可怜的哈利真的卷进——”

“施密特小姐。”窗外的声音又在叫了。

“我得走了。”

“我陪你走上一段。”

夜幕已几乎完全落下，雪停了有一会儿了。随着将尽的暮色，环路上的那些雕塑，昂首阔步的骏马、战车和雄鹰，都现出枪弹的铅灰色。“你最好还是收手，把这事儿给忘了。”安娜说。没有清扫过的人行道上铺着没及脚踝的积雪，积雪上又落了一层月光。

“你能给我医生的地址吗？”

他们站在一堵墙边的背风处，她把地址写给他。

“你的地址呢？”

“为什么要我的地址呢？”

“我也许会有消息带给你。”

“现在什么消息都没用了。”他远远地看着她上了电车，风吹得她低下了头，在雪地上留下了一个黑暗的问号。

06

业余侦探跟职业的相比有一点好处，那就是他不会按时上下班。罗洛·马丁斯不会把自己局限在一天只工作八小时，他的调查工作不用为了吃饭而停下来。在他的一天里，他跑过的地方抵得上我手下的人跑两天的。他从一开始就比我们占了优势，因为他是哈利的朋友。我们在外围打转转的时候，他却正在中心开花。

温克勒医生在家，也许来的是个警官他就不在家了。马丁斯再一次在他的名片上写上了芝麻开门的咒语：“哈利·莱姆的一个朋友。”

温克勒医生的候诊室让马丁斯想起了一间古董店——一间专卖宗教艺术品的古董店。那里的十字架多得他数都数不过来，没有一个是晚过约莫十七世纪的。那里有木制的和象牙的雕像，还有好些个圣骨匣：标着圣徒姓名的小片骨头嵌在椭圆的框架里，盒底还衬着锡箔纸。马丁斯寻思道，如果这些圣骨是真的话，那么圣苏珊娜的部分关节安息在了温克勒医生的候诊室里，这是多么奇怪的命运安排啊。就连那几把丑陋的高背椅看上去也似乎曾被红衣大主教们坐过似的。房间里有点不通气，让人期盼能闻到点熏香。在一个小小的金色首饰盒里放着一小块钉死过耶稣基督的十字架的残片。正在这时，一声喷嚏惊到了他。

温克勒医生是马丁斯见到过的最干净的医生。他个子矮小，衣着整洁，穿一件黑色的燕尾服，衬衣领子又高又挺，小小的黑色短髭乍一看像是晚礼服的领结。他又打了个喷嚏：也许他感到冷，因为他是那么干净。他开口问道："马丁斯先生吗？"

一阵难以抗拒的想要玷污温克勒医生的欲望向罗洛·马丁斯袭来。他回答道："温克勒医生？"

"温克勒医生。"

"您这儿的收藏很是有趣哪。"

"是的。"

"这些圣徒的骨头……"

"是鸡骨头和兔子骨头。"温克勒医生从袖子里拽出一方白色的大手帕，那架势仿佛是个变出面本国国旗来的魔术师。他用手帕干净而又彻底地擤了两次鼻子，每次都按着一个鼻孔擤另一个鼻孔。看他那样子，你会觉得他该是把手帕用完一次就扔的那种人。“马丁斯先生，不知您是否介意告诉我您的来意？我还有个病人在等着。”

“我们都是哈利·莱姆的朋友。”

“我是他的医疗顾问。”温克勒医生纠正道，并且固执地在一堆耶稣受难像中间等待他说明来意。

“我来得太晚了，没赶上他的验尸。哈利邀请我到这儿来为某些事帮点忙。我不太清楚是什么事情，我来了以后才得知他的死讯。”

“非常令人遗憾。”温克勒医生说。

“在这种情况下，很自然地，我想要尽可能地了解一下事情的整个经过。”

“我没有什么您不知道的东西能告诉您。他被一辆汽车给撞了，等我到的时候他已经死了。”

“他被撞了以后还会有意识吗？”

“据说在被抬进房子后还短暂地有过意识。”

“他很痛苦吗？”

“不一定。”

“您相当肯定这是一场意外吗？”

温克勒医生伸出手来把一个耶稣受难像扶正：“我当时不在场，我的意见仅仅局限于死因。您有什么感到不满意的理由吗？”

业余侦探跟职业的相比还有另一点好处：他可以鲁莽行事。他可以说出毫无必要说出的真相，也可以提出最不着边际的假想。马丁斯说：“警方暗示哈利卷入了一桩非常严重的黑市交易。我觉得他也许是被谋杀的——甚至是自杀。”

“我没有资格就此发表意见。”温克勒医生说。

“你认识一个叫库勒的人吗？”

“不认识。”

“哈利被撞死的时候他在场。”

“那我当然见过他，他戴了个假头套。”

“那是库尔茨。”

温克勒医生不仅是马丁斯遇到过的最干净的医生，也是最小心谨慎的医生。他说的话非常有限，让人一刻也无从对其真实性产生怀疑。他说：“那儿还有一个人。”如果他必须对一例猩红热做出诊断的话，你会觉得他只会说可以见到皮疹，以及体温如何如何。他永远不会让自己在验尸中被挑出错来。

“您担任哈利的医生很久了吗？”哈利会选这么一个人让人觉得很怪——哈利喜欢的是有点大大咧咧的人，那是有可能会犯错的人。

“大约一年吧。”

“好吧，很感谢您见我。”温克勒医生向我鞠躬致意。在他鞠躬的时候传来一声极轻的咯吱声，就好像他的衬衣是用赛璐珞做的一样。“我不该再耽搁您看病人了。”从温克勒医生面前转过身来，他又面对了一尊受难像，十字架上的人双手过头被吊着：一张格雷考[1]风格的痛苦的长脸。“这可真是一尊奇怪的受难像。”他说。

“詹森教派[2]的。”温克勒医生评论完便骤然闭上了嘴，仿佛为自己泄露了太多的信息而感到愧疚。

“从来没听说过。双臂为什么举过头顶呢？”

温克勒医生不情愿地说道：“因为在他们看来，他的死只为那些主的选民。”

1 格雷考（El Greco，1541—1614），西班牙画家，其画笔下的人物往往身形瘦长而扭曲，让人感受到烦恼和痛苦。

2 康内留斯·奥图·詹森（Cornelius Otto Jansen，1585—1638）于17世纪所创立的一个天主教教派，其理论强调原罪、人类的全然败坏、恩典的必要和宿命论，认为教会最高权力属于公议会而不属于教皇，因而被几代教皇排斥，18世纪后逐渐衰落。

07

在翻阅我那些档案、谈话笔记和各种人物的陈述时，我觉得在这一时刻，罗洛·马丁斯依然还是有可能从维也纳安然离开的。他展现了一种不健康的好奇心，但这种毛病在每个点上都遭到了扼制。没有人泄露任何东西。光滑的欺骗之墙没有在他随意乱摸的手指下面显出任何真正的裂缝。罗洛·马丁斯在离开温克勒医生的时候并没有陷入任何危险。他原本可以回到萨克旅馆，带着一颗平静的心上床睡觉。在这一阶段他哪怕去拜访库勒也不会有任何麻烦，没有人感受到严重的不安。然而对他来说不幸的是——在他一生中总会有那么一些片段他将为之追悔不已——他选择对哈利的公寓杀了个回马枪。他想要再去跟那个生气的小个子男人聊聊，他说自己看见了那场意外——还是他根本没说那么多？在冰冷彻骨的黑暗大街上他曾有一刻想过要直接去找库勒，去完成他那幅一众邪恶之鸟围聚在哈利身边的画面，但罗洛——是因为罗洛，决定扔一下硬币，而硬币落下选择了另一个行动，由此也导致了两个人的死亡。

也许那个小个子男人——他的名字叫科赫——多喝了一杯酒，又也许他只是在办公室里度过了不错的一天，反正这次当罗洛·马丁斯按响他的门铃时，他态度友好而且谈兴颇浓。他刚吃完晚餐，胡子上还留着面包的碎屑："啊，我记得您，您是莱姆先生的朋友。"

他带着极大的热诚把马丁斯迎了进去，把他介绍给自己体形庞大的妻子。一眼就能看得出来，这位妻子是被他管得服服帖帖的。"唉，要是在以前，我准会招待您喝一杯咖啡，可现在——"

马丁斯递上烟盒向两人敬了烟，友好的气氛便益发融洽了。"您昨天来的时候我稍微有点唐突，"科赫先生说，"但我这人有点偏头痛，正巧我老婆又出去了，所以只好自己来应门。"

"您是不是跟我说过您亲眼见到了车祸？"

科赫先生跟他妻子相互使了个眼色。"验尸都结束了，伊尔泽，应该无妨了。你可以相信我的判断，这位绅士是个朋友。对，我见到了车祸，但你是唯一知道这点的人。我说我见到了，也许更应该说是听到了。我听到了按刹车和车辆打滑的声音，等我来到窗边，正好看到他们把人抬进房子。"他说。

"但你没有做证？"

“最好不要卷到这种事里面。我的办公室少了我不行，我们缺人手，当然我其实并没有真的看见——”

“可你昨天还告诉我车祸是怎么发生的。”

“那是他们在报纸上的说法。”

“他非常痛苦吗？”

“他死了。我就是从这扇窗子直直看下去的，我看到他的脸了，人死没死我看得出来。知道吗？这多少也算是我的职业，我是陈尸所的首席办事员。”

“但其他人都说他不是马上就死的。”

“也许他们没我这么了解死亡。”

“他当然是死了，在医生赶到的时候，医生跟我说了。”

“他当场就死了。你可以相信一个深谙此道的人说的话。”

“我想，科赫先生，您应该去做证的。”

“人必须得把自己照顾周全才行，马丁斯先生。我并不是唯一该去做证的人。”

“您这话什么意思？”

“有三个人帮着把您朋友抬进了房子。”

“这我知道——两个人再加上那个司机。”

“那个司机待在了原地。他受到了很大的惊吓，可怜的人。”

“三个人……”这时的情形就好像在摸着光秃秃的墙的时候，他的手指摸到了也许还算不上一道裂缝，但至少是一片粗糙，是那些小心翼翼的砌墙者没有涂抹平整的地方。

“您能描述一下那些人吗？”

但科赫先生所受的训练不是用来观察活人的，只有那个戴假头套的人吸引过他的目光——另两个就只是人而已，既说不清高矮，也道不明胖瘦。他是从上方远远看到他们的，他们的身形按照透视法被缩短了，又因为在搬东西而弯着腰。他们没有抬头朝上看，而他也很快移走了目光关上了窗，因为他很快意识到，还是不要被人看到自己为妙。

“我其实给不出证据，马丁斯先生。”

没有证据，马丁斯在心中骂道：没有证据！他现在已经不再怀疑发生过谋杀了。否则他们为什么要对死亡那一刻的情形撒谎呢？他们想送上钱和机票来摆平哈利在维也纳仅有的两个朋友。那第三人呢？他是谁？

他说：“你看见莱姆先生走出去了吗？”

“没有。”

“你听到一声尖叫了吗？”

“只听到刹车的声音，马丁斯先生。”

马丁斯突然想到，其实没有任何东西——除了库尔茨、库勒和那司机的证词——可以证明哈利是在那个确切的时刻死掉的。有医学上的证据，可那充其量只能证明他，比如说，是在半小时之内死的，而且再怎么说所谓医学上的证据也不过就是温克勒医生的一面之词罢了，就是那个干干净净、冷静到极点的男人在一堆耶稣受难像当中惜字如金地说出来的话。

“马丁斯先生，我忽然想到——您是要在维也纳逗留吗？”

“是的。”

“如果您需要住宿，并且和当局很快说上话，您不妨住到莱姆先生的公寓里去。这儿现在算是一处被征用的房产。”

“谁有钥匙呢？”

“我啊。”

“我可以进去看看吗？”

“伊尔泽，钥匙。”

科赫先生领我走进了曾是哈利的公寓。又小又暗的门廊里依然残留着烟味儿——正是哈利一直抽的土耳其香烟。在一个人自己都变成了死物，变成一种气体，变成腐烂物，且过了许久之后，他的气味却依然能附着在窗帘的褶皱里，这似乎颇有点奇怪。一盏缀着密密珠帘的灯将他们周遭照得半明不暗，摸索了一会儿才找到门把手。

客厅里空空荡荡——马丁斯觉得有点太空空荡荡了。椅子都被推到靠了墙，那张哈利肯定用来写过东西的桌子上既没有灰尘也没有文件。镶木地板像镜子一样反射着灯光。科赫先生打开一扇门，露出了卧室：床上铺着干净的床单，收拾得整整齐齐。盥洗室里甚至没有一把用过的刮胡刀能显示出几天前这里还曾有一个活人住过。只有黑暗的门廊和那股烟味儿透露出一点有人住过的气息。

“您瞧，”科赫先生说，“这里已经准备好迎接新租客了。伊尔泽都收拾干净了。”

她当然是收拾过了。在有人死后，屋子里留下的杂物应该是比这要多的。一个男人在突然而又出乎意料地踏上自己最长的旅程时，不可能不忘记点这样那样的东西，不可能不留下未付的账单、一份没填的表格，或是一张女孩的照片。“这儿就没文件吗，科赫先生？”

“莱姆先生一向是个很讲究整洁的人。他的字纸篓是满的，还有他的公文包，不过他的朋友来把这些都拿走了。”

“他的朋友？”

“就是戴头套的那位先生。”

当然，也存在这样的可能，那就是莱姆踏上旅程时并非那么出乎意料，马丁斯忽然想到，也许莱姆希望自己能及时赶来帮上忙。他对科赫先生说：“我觉得我的朋友是被谋杀的。”

“被谋杀的？”科赫先生的友好态度被这句话给扑灭了，“我要是觉得您会说出这种胡言乱语的话，就不会请您进到这里来了。”

“为什么说是胡言乱语呢？”

“我们这个区里没有谋杀。”

“不管怎样，您的证词也许很有价值。”

“我没有证词，我什么都没看见，我跟这事儿没关系。你必须马上离开这里，请。你这人真是太不为别人着想了。”他把马丁斯顺着门廊往外推去，这时那里的烟味儿已经又退去了一点，“这事儿跟我一点儿关系都没有！”说完他便嘭的一声摔上了门。可怜的科赫先生！什么事情跟我们有关系可不是我们能选得了的。后来，在我详细盘问马丁斯的时候我跟他说：“你当时在楼梯上，或是在外面的街上看到过什么人吗？”

“没。”如果能记起某个碰巧经过的路人都会对他大有好处，因此我相信他的话。他说：“我注意到整条街道当时非常安静，看上去像死了一样。有些地方遭到过轰炸，你知道的，月亮正洒在积了雪的斜坡上。真是太安静了。我能听到自己的脚踩在雪上发出吱吱嘎嘎的响声。”

“当然，这什么也不能证明。那儿有个地下室，跟踪你的人可以躲在那儿。”

“对。”

“又或者这整个故事都是你编出来的。”

“对。”

“可问题是我看不出你有任何动机做这件事。的确，你已经对自己凭着假冒的身份得了钱感到羞愧。你到这儿来是要跟莱姆会面，也许是来帮他……”

马丁斯打断我的话问我道：“你一直闪烁其词的这个宝贝非法生意到底是什么？”

“我头一次见你的时候，你要不是火气他妈的上来得那么快，我早就把一切都告诉你了。可现在要是再告诉你，我就觉得自己有点不明智了。这么做是在公开官方信息，而你接触的那些人——你懂的——一点都无法让人信任。一个姑娘带着莱姆提供的伪造文件，而这个叫库尔茨的男人……”

“那温克勒医生……”

“我手上没有对他不利的东西。不，如果你是骗子的话，你不需要这些信息，不过这也许能帮你确切了解我们知道的东西。你知道的，我们掌握的事实还不完整。”

“我敢肯定很不完整。我洗澡的时候随便构思出来的侦探都比你出色。”

“你的文学风格可配不上你冒名的那位。”只要一跟他提起克拉宾先生，这位可怜的、面容憔悴的英国文化委员会代表，罗洛·马丁斯便会面露赧色，尴尬不已，羞愧难当。这也是让我相信他的地方。

他毫无疑问让克拉宾度过了很不自在的几个小时。在和科赫先生见完面回到萨克旅馆后，他发现一张来自代表先生的绝望的便条正在等着他。

“我一整天都想要确定您在哪里。”克拉宾的便条上这样写着，

“我们应当碰个面为您制定一份合适的行程。今天早上我已经通过电话安排好了下周在因斯布鲁克和萨尔茨堡的讲座，但我必须获得您对演讲主题的首肯，这样才能把合适的行程给印出来。我会建议您做如下两场讲座：“论西方世界的信仰危机”（您在我们这里是非常受尊敬的基督教作家，但这个讲座应当与政治无涉，而且不应提到俄国或共产主义）和“论当代小说技巧”。相同的讲座也会在维也纳举行。除此之外，这里有许许多多的人想要跟您见面，我想在下周的前半周安排一场鸡尾酒会。但为了所有这些事情，我必须得跟您聊上几句。”短笺的末尾明确无误地表达了一丝焦虑，“您明晚会参加讨论会的，对吧？我们都会在八点半等候您，而且自不待言，都对您翘首以盼。我会在八点一刻准时派车来接您。”

罗洛·马丁斯读罢短信，没有再去担心克拉宾先生的事，径自上床睡觉了。

08

酒过两轮后，罗洛·马丁斯的脑子总是会转向女人——此时的想法模糊、感伤、浪漫，想的是作为性别之一种的、一般意义上的女人。酒过三轮后，他就会像俯冲着寻找方向的飞行员，开始聚焦于某个能够到手的女孩。若不是库勒请他喝了第三轮酒，他或许不会这么快地就跑去安娜·施密特的家，而如果——不过我的写作风格中有太多的“如果”了。因为我的职业就是权衡可能性——人性的可能性——命运的驱使在我的档案中是永远也找不到一席之地的。

马丁斯把他的午饭时间花在了阅读验尸报告上，由此再次显示了业余侦探相对于职业侦探的优势，也使得他对库勒的酒更少了些抵抗力（而职业侦探受职责所限会加以拒绝）。将近下午五点的时候他来到了库勒的公寓，这间公寓位于美国区一家冰激凌店的楼上，楼下的酒吧里坐满了美国大兵和他们的妞儿，长柄勺碰出的声响与好奇、自由、尚未成形的笑声一路送他上了楼。

这位对美国人在总体上不以为然的英国人会在想象中觉得有一类美国人可以例外，而库勒正符合这类例外的特征：乱蓬蓬的灰色头发、带点忧戚的慈祥面容、炯炯的目光，像是个慈善家，这样的美国慈善家往往还不待其同胞在地图册上发现那些地方，便已经出现在了某个斑疹伤寒疫区、某个世界大战的战场或中国的某个饥荒灾区。马丁斯那张写上了“哈利的朋友”的名片又一次起到了入场券的作用。库勒穿着军官的制服，臂章上缀着些不知其意的字母，也没有表明军衔的徽章，尽管他的女仆称呼他为库勒上校。他的握手温暖而又坦诚，是马丁斯在维也纳遇到过的最友好的举动。

“哈利的朋友也就是我的朋友。”库勒说，“当然，我听说过你。”

“从哈利那儿？”

“我非常爱看西部小说。”库勒说。马丁斯相信他，就像他不相信库尔茨一样。

“我在想——你当时在场，对吧？不知道能不能跟我说说哈利死时的情形。”

“这可真是件可怕的事情。”库勒说了起来，“我当时正穿过马路朝哈利走去。他和库尔茨先生在人行道上。也许要是我没有开始穿马路，他就会待在原地了。但他看到我了，就直直地朝我走过来迎我，就在这时那辆吉普车——太可怕了，太可怕了。司机踩了刹车，可他没能躲过去。来杯苏格兰威士忌吧，马丁斯先生。说来有点傻，可我一想到这事儿还心有余悸。”他边说边朝酒里加了点苏打水，“虽说我披着这身军装，可我之前从来没见到过有人死在我眼前。”

“另外那个人在车里吗？”

库勒端起酒杯喝了一大口，然后用他那双疲惫而又和善的眼睛看了看还剩下多少：“你说的是什么人，马丁斯先生？”

“有人跟我说当时还有一个人在场。”

“我不知道你怎么会有这种念头的。当时的情况都写在验尸审讯报告里了。”他又倒了分量很足的两杯酒，“当时就我们三个人——库尔茨、那个司机和我，当然还有医生。你该不会说的是医生吧？”

“跟我谈过的这个男人当时碰巧朝窗外看了——他就住哈利隔壁的公寓——他说他看见了三个男人和司机。那会儿医生还没到呢。”

“他在法庭上可没说这个。”

“他不想卷进去。”

“你永远也休想教会这些欧洲人成为好公民。这可是他的责任啊。”库勒端着杯子忧心忡忡地沉思了一会儿，“马丁斯先生，车祸这事儿就是这么怪，两份报告永远也不会讲得一模一样。知道吗？就连库尔茨先生和我在细节上也存在分歧。事情发生得那么突然，咣的一下就撞了，你根本想不到要去注意这个注意那个，只能等事后再去慢慢回想。我想他是在努力理清前前后后的头绪时把事情给弄混了，没分清楚我们四个。”

“四个？”

“我把哈利也算进去的。那人还看见什么了，马丁斯先生？”

“没什么有意思的——不过他说哈利被抬进房子的时候已经死了。”

“对，他奄奄一息了——这也没多少差别吧？再来一杯吗，马丁斯先生？”

“不，我不想再喝了。”

“啊，我倒还想再来一杯。我以前很喜欢你的朋友，马丁斯先生，现在我不想谈这事儿了。”

“也许我还能再来一杯陪陪你。你认识安娜·施密特吗？”马丁斯在威士忌刺痛舌头的时候问道。

“哈利的妞儿？我见过她一次，仅此而已。事实上，她的身份文件是我帮哈利搞定的。我觉得这本不该是我向陌生人坦承的那种事情，但有时候就只有打破规则才行。人道也是一种责任嘛。”

“有什么不该的呢？”

“她是匈牙利人，她父亲曾经是纳粹，这是他们说的。她怕俄国人要逮捕她。”

“他们为什么要逮捕她呢？”

“他们为什么要做这些事不是我们一直都能弄明白的，也许只是要表明跟一个英国人做朋友是不健康的。”

“可她住在英国区啊。”

“这可拦不住他们，从俄国人的司令部开吉普车过去只要五分钟就到了。街道上的照明不是很好，周围也没有很多警察。”

“你替哈利给她送去了一些钱是吧？”

“对，但我应该没有提起过这事儿。是她告诉你的吗？”

正在这时电话铃响了，库勒将手中的酒一饮而尽。“喂，”他拿起电话说道，“对，我就是库勒上校。”他把听筒贴在耳边坐了下来，脸上露出悲伤而又不失耐心的表情，某个说话的声音从很远的地方流入了房间。“对，对。”他的目光落在马丁斯的脸上，但它们像是在看着他身后很远的地方：那目光平淡、疲惫而又和善，就像是盯着宽阔无垠的海面。他说：“你做得很对。”语调中露出嘉许，然后又带上了一丝严厉，“当然会送到的，我说话算话。再见。”

他放下听筒，一只手疲惫地搭到了额头上，就好像是在竭力回想某样非做不可的事情。马丁斯问：“你听说过警方所说的黑市生意吗？”

“抱歉。那是什么？”

“他们说哈利牵涉进了某项黑市生意。”

“哦，没有。”库勒说，“没有，那是不可能的。他是个很有责任感的人。”

“库尔茨似乎觉得这事有可能。”

“库尔茨不会明白一个盎格鲁-撒克逊人心里怎么想。”库勒回答道。

09

天快黑的时候，马丁斯沿着运河朝前走着。隔着水面是黛安娜浴场的废墟，远处是普拉特游乐场那黑色的大摩天轮，一动不动地俯瞰着被毁坏的房屋。越过灰色的河水就是第二区，即俄占区。圣斯蒂芬大教堂将它那遭过创伤的巨大尖顶指向笼罩着内城的苍穹，而在走过克恩滕大街时，马丁斯经过了亮着灯的宪兵站大门。四个国际巡逻队的人正在登上吉普车，俄国宪兵坐到了司机旁边（因为俄国人在那天接任，将在此后的四个星期里担任轮值主席），而英国人、法国人和美国人上了后排座。第三杯结结实实的威士忌上了头，马丁斯想起了他在阿姆斯特丹的那个女孩、在巴黎的那个女孩。孤独在他身边，与他同行在拥挤的人行道上。他经过了萨克旅馆所在的那个街角继续朝前走去。罗洛·马丁斯此刻被罗洛控制了，直奔他在维也纳唯一认识的女孩子而去。

我问他是怎么知道她住哪儿的。哦，他说，头天晚上他躺在床上研究地图的时候特意看了她留给他的地址。他想知道周围的去处，而他是个很会看地图的人，随便就能记住哪里该拐弯和那些街道的名字，因为他总有一趟路是走着去的。

“只有一趟？”

“我是指在我去找女孩子的时候——或者别的人。”

他当然并不知道当晚她会在家，那天晚上她在约瑟夫大街剧院的那部戏没有演出，又或者他从海报上把那个信息也给记住了。反正她就是在——如果你姑且称之为在的话，因为她的心思根本就不能算是“在”。她独自坐在一间没有暖气的房间里，睡觉的床折起来成了沙发，一本打字机打出来的剧本摊开在第一页，放在一张华而不实、摇摇欲倒的桌子上。他笨拙地说道（没有人，甚至包括罗洛，能说得出他的笨拙有多少是他说话技巧的一部分）：“我想我只是随便拜访，找你，你懂的，我是路过……”

“路过？去哪儿？”从内城走到英国区的边缘至少得走半个小时，不过他总是有话可以答上的，“我跟库勒上校一起喝了太多威士忌，需要好好走一走。不知怎么回事，我就发现自己走到这儿来了。”

“我这儿没什么能给你喝的，除了茶。那包茶还有些剩的。”

“不，不用了，谢谢。”他推让道，“你很忙啊。”眼睛望着剧本。

“我看来看去就看了第一行。”

他拿起剧本读道：“露易丝上场。露易丝：我听见有小孩在哭。”

“我能待一会儿吗？”他彬彬有礼地问道，这表明此刻马丁斯占了罗洛的上风。

“我希望您能待一会儿。”他重重地坐到了沙发上，很久以后他告诉我（因为只要能找到听众，恋人们会把恋爱过程中最小的细节都给重构出来），那时只是他第二次好好地打量她。她站在那里，跟他自己一样笨拙，穿着条法兰绒的旧裤子，臀部的地方打着大大的补丁，两条腿紧张地叉开着，仿佛在与人对峙并且下定了决心要捍卫自己的立场——只有一副矮壮结实的身形，而那股职业的优雅姿态被她暂时收了起来，放到了一边。

“今天是个不顺心的日子吧？”他问。

“这种时候哪还有顺心的日子啊！”她解释说，“他以前经常会过来，刚刚听你按门铃的时候，有那么短短的一刻，我还以为……”她坐到他对面的一张硬椅子上，“跟我说说吧，你认识他，随便跟我说点什么。”

于是他开始说了起来。说啊说的，窗外的天空就变黑了。过了一会儿他才注意到，他们的手已经握在了一起。他跟我说："我没想过要爱上谁，尤其不会是哈利的妞儿。"

"什么时候的事？"

"天气很冷，我站起身来去拉上窗帘，把手抽出来的时候才注意到我的手放在了她的手上。我站起身后往下看着她的脸，而她也仰望着我。这不是一张美丽的脸——这就是问题所在。这是一张可以过日子的脸，日复一日，经得起岁月的消磨。我感觉自己仿佛进入了一个新的国度，而我不会说这个国家的语言。我之前一直觉得爱女人就是爱她的美貌。我站在窗帘跟前，在还没拉上之前看向外面。除了自己的脸之外我什么都没看见，我把目光收回到房间里找寻她。她说：'那哈利那时候是怎么做的？'我想回答她：'让哈利见鬼去吧，他已经死了。我们俩都爱他，可他死了。死人就是该被忘记的。'可是，当然了，我实际上说的是：'猜怎么着？他只是用口哨吹着那首旧曲调，就好像一切都没什么大不了的。'然后我尽力把那调子原封不动地吹给她听。我听到她屏住了呼吸。我朝四下里看了看，还没等我来得及想这是正确的方式、正确的一张牌、正确的打法吗，我就已经脱口而出道：'他已经死了，你不能一直记着他一辈子的。'"

她说："我知道，可是也许某些事会先发生。"

"这话什么意思——有事要发生？"

"啊，我是说也许还会有另一场战争，也许我会死，又或者俄国人会把我抓走。”

“你慢慢会忘记他的，你又会爱上别人的。”

“我知道，可我不想。你看不出来我不想吗？”

于是罗洛·马丁斯从窗口走了回来，重新坐回到沙发上。半分钟前在他站起身的时候，他是哈利的朋友，一直在安慰着哈利的妞儿；现在他成了一个爱上安娜·施密特的男人，而后者一直爱着一个他们都曾经爱过的名叫哈利·莱姆的男人。那天晚上他再也没有说起过去的事。相反，他开始跟她说起他见到过的人。“我对温克勒这个人一点儿都不相信。”他告诉她，“不过库勒——我喜欢库勒，他是哈利的朋友里唯一支持他的人。可问题是，如果库勒是对的，那科赫就是错的，而我真的相信他说的有点可信。”

“谁是科赫？”

他解释了他怎样回到哈利的公寓，讲了他对科赫的访谈，讲了那第三人的故事。

“如果这是真的，”她说，“那真是非常重要。”

“这证明不了任何东西。毕竟，科赫在验尸审讯时打了退堂鼓，那这位陌生人或许也不愿意出来做证。”

“问题不在这儿，”她说，“这意味着他们撒谎了：库尔茨和库勒。”

“他们说谎也许是为了不给这家伙带来麻烦——如果他是个朋友

的话。”

“又一个朋友——在现场。那你那位库勒的诚实又从何谈起呢？”

“那我们该怎么办呢？科赫像牡蛎一样紧紧关上了门，把我从他的公寓赶了出来。”

“他不会把我关在门外的，”她说，“或者他的伊尔泽不会。”

他们走了长长的路一起来到了公寓。雪凝结在他们的鞋上，令他们像坠着铁脚镣的罪犯那般举步维艰。安娜·施密特说：“还远吗？”

“不太远了。看到前面路上那堆人了吗？差不多就是那儿。”那堆人像滴到白色上面的一滴墨水，流动着，变换着形状，又向外散开。待他们又靠近了一点后马丁斯说：“我想那就是他所在的街区。你觉得这是怎么回事，政治示威游行？”

安娜·施密特停下了脚步。她说：“你还跟谁说了科赫的事？”

“就跟你和库勒上校说了。怎么啦？”

“我害怕。这让我想起……”她的眼睛紧紧盯着人群，他一点也不知道从她那混乱的过往升腾起了怎样的记忆，向她发出了警告。“我们走吧。”她向他恳求道。

“你疯啦？我们是有事来的，很重要……”

“我在这儿等你。”

“可你是要去跟他说话的。”

“马上去搞清楚那些人……”她接着说出一句对于一个在舞台脚灯后面工作的人来说很奇怪的话，“我讨厌人群。”

他继续一个人慢慢朝前走去，雪在他的脚后跟上不断结块。这不是一个政治集会，因为没有人在发表演讲。他感到那些脑袋都转了过来看着他走去，好像他是大家正在等待的人似的。待他来到那一小堆人的边缘，他确定了那正是他要找的房子。一个人使劲看着他说道：“你又是一个吗？”

“什么意思？”

“警察。”

“不是，他们在干吗？”

“进进出出都一整天了。”

“大家在等什么？”

“想看他被抬出来。”

“谁？”

“科赫先生。”马丁斯忽然觉得也许是除了自己之外有人发现了科赫先生没有做证的事，可这也不至于劳动警方啊，他问，“他干什么了？”

“还没人知道。他们还说不清这是怎么回事——也许是自杀，也许是谋杀。”

“科赫先生？”

“当然啦。”

一个小孩子来到这位向他爆料的人身边，拉了拉那人的手。“爸爸，爸爸。”小孩头上戴了顶羊毛帽，像个小侏儒，脸冻得白里透紫。

“哎，亲爱的，怎么啦？”

“我听到他们在格栅里说话了，爸爸。”

“哦，你个小机灵。跟我们说说，你都听到什么了，汉塞尔？”

“我听到科赫太太在哭，爸爸。”

“就这些，汉塞尔？”

“不，我还听到那个大个子在说话，爸爸。”

“啊，你个小机灵，汉塞尔，跟爸爸说说他都说什么了。”

“他说：‘你能告诉我，科赫太太，那个外国人长什么样儿吗？’”

“哈，哈，你瞧，他们觉得这是谋杀。谁又会说他们错了呢？科赫先生好端端的为什么要在地下室里割断自己的喉咙呢？”

“爸爸，爸爸。”

“怎么啦，小汉塞尔？”

“我透过格栅往里看，看到焦炭上有血。”

“真是个孩子。你怎么知道那是血？雪水到处都能漏下去的。”

那人转过身来对马丁斯说道，“这孩子就是想象力丰富，等他长大了说不定能成为作家。”

孩子苍白的小脸严肃地向上盯着马丁斯，随后只听他喊了声：“爸爸。”

“怎么啦，汉塞尔？”

“他也是个外国人。”

那个男人大笑了一声，引得周围十几个人都扭头看了过来。“听听他说的，先生，听听，”他骄傲地说道，“他觉得这事儿是您干的，就因为您是个外国人。说得就像这些日子我们这儿外国人不比维也纳人多似的。”

“爸爸，爸爸。”

“怎么啦，汉塞尔？”

“他们出来啦。”

一群警察簇拥着蒙了布的担架走了出来，下台阶的时候他们小心翼翼地把担架放低，生怕在踩实了的雪上滑倒。男人说：“因为有废墟，所以救护车没法开到街里边来，得把它抬到转过街角才行。”科赫太太也出来了，走在一行人的末尾，头上裹了条披巾，身上穿了件麻布上衣。走到人行道边缘的时候她陷进一个雪堆里，那硕大的身形看着活像一个雪人。有人伸出手来拉了她一把，她用失神而又绝望的眼神四下看了看身边这群陌生人。如果这里面有她朋友的话，估计她面对面看见也认不出来。马丁斯在她经过的时候弯下了身子，装模作样地系着鞋带，但等他从地面抬起目光时，发现在跟自己双眼齐平的地方，小汉塞尔正用冷血小侏儒的目光死死地盯着自己。

顺着街道走回到安娜身边后，他又回头望了一眼，看到那个小孩正在拽他父亲的手，从他的口型他可以看出那仿佛一首冷酷民谣中叠句部分般的音节："爸爸，爸爸。"

他对安娜说："科赫被杀了，快离开这里。"对抗着积雪的牵绊，他用最快的速度走着，忽左忽右地拐着弯。那个小孩对他的怀疑和警觉仿佛笼罩整个城市的一朵云般在蔓延——他们走得再快也无法摆脱它的阴影。安娜先是跟他说："那么科赫说的都是真的，那里的确有第三人。"稍过了一会儿她又说："这肯定是谋杀。如果没有阴谋要掩盖是犯不着杀人的。"但马丁斯心里太紧张了，只顾匆匆地走，这两句话都没听到耳朵里去。

电车在街道尽头像冰锥一样闪着光：它们又沿着环路回来了。马丁斯说："你还是一个人回去吧。在事情搞清楚之前，我会和你保持距离。"

"可是没人会怀疑你啊。"

"他们正在询问昨天拜访过科赫的外国人。暂时可能会有点令人不愉快。"

"你为什么不去找警察呢？"

“他们太蠢了，我信不过。看看他们都往哈利头上栽了什么？而且我还想冲一个叫卡拉汉的家伙动手来着。他们一准会怀恨在心的，至少他们也会把我从维也纳送走。不过要是我保持安静的话——那就只有一个人会把我送走：库勒。”

“我想他不会想要这么做的。”

“如果他心里有鬼就会，可我真不能相信他会心里有鬼。”

临走前她说：“小心点，科赫才知道那么一点他们就把他给杀了。你知道的可是跟科赫一样多啊。”

回萨克旅馆的一路上，安娜对他的提醒都在他的脑海中回响。九点之后的街道冷冷清清，只要身后传来轻轻的脚步声他都会转过头去看看，仿佛那个被他们用如此无情手段保护着的第三人正像行刑者一样尾随着他。大饭店门外的俄国哨兵在寒冷中看着有点僵，但他是个人，他有一张脸，一张长着蒙古人眼睛的老实巴交的农民脸。那第三人没有脸，只有从窗口看下去的一个头顶。在萨克旅馆施密特先生说：“卡洛韦上校来过，说要见您，先生。我想您能在酒吧找到他。”

“我一会儿就来。”马丁斯说完直直地就掉头朝旅馆外面走去：他需要时间来思考。但他刚走出门外，一个男人向他走来，轻轻抬了抬帽檐，用很坚定的语气对他说道：“请吧，先生。”他打开一辆漆成土黄色、挡风玻璃上贴着英国国旗的卡车的车门，不容置疑地把马丁斯请了进去。马丁斯没有抗议就顺从了。他很肯定，或早或晚，警方是会问到他头上来的。他的乐观只是装给安娜·施密特看的。

司机在结了冰的路上开得很快，丝毫也不考虑安全，马丁斯对此提出了抗议。他得到的回答只是一声愠怒的哼哼和一个模糊不清的句子，里面包含着“命令”一词。“你有杀死我的命令吗？”马丁斯用玩笑的口吻问了一句，这回什么回答也没有得到。他瞥见霍夫堡皇宫那些巨人雕像头上摇摇欲坠地顶着巨大的雪球，然后他们便一头扎入了照明很差的街道，使得他完全失去了方向感。

“远吗？”但司机对此根本未予理睬。马丁斯心想，至少我还没有被逮捕：他们没有派卫兵来，我是被邀请去的——这难道不正是他们使用的词吗？——到警局去做一份陈述。

车停了下来，司机带路走上了两段台阶。他按了一扇很大的双扇门上的电铃，马丁斯察觉到门后有许多人说话的声音。他猛地转过身来对司机说：“这儿他妈的到底是……”可是司机已经回身下了半截楼梯，而面前的门也已经在打开了。黑暗之中，他被门内的灯光晃得有点睁不开眼。虽然几乎什么都看不见，但他听到克拉宾来到了他跟前。“哦，德克斯特先生，我们都快着急坏了，不过谢天谢地您总算来了。让我跟您介绍一下威尔布里厄姆小姐和冯·梅耶斯多夫伯爵夫人。”

自助餐，咖啡杯随处可见；冒着腾腾热气的大壶；一位女人因为在行使着权力而放光的脸；两个长着六年级中学生聪慧脸庞的年轻人；聚在后面当背景的一大堆人，长着家庭照相簿里那般相似的脸，全都那么老派，那么乏味，一副忠实读者该有的热诚的、喜滋滋的样貌。马丁斯朝身后看了看，门已经关上了。

他绝望地对克拉宾先生说："我很抱歉，但——"

"别再多想了，"克拉宾先生说，"喝杯咖啡，然后我们就去参加讨论会。今晚的观众很不错，他们会让你表现出最佳状态的，德克斯特先生。"两位年轻人中的一位把一杯咖啡放到他手中，另外一个还不等他说出自己更喜欢喝不加糖的咖啡便已经舀了几勺糖在他杯子里。年轻些的那个凑到他耳边说："稍后您能给我在您的某本书上签名吗，德克斯特先生？"一位穿着黑色丝绸的大个子女人咄咄逼人地走到他跟前对他说："哪怕伯爵夫人听见我也不在乎。德克斯特先生，我不喜欢你的小说，我不同意它们的写法，我觉得小说就该讲一个好故事。"

"我也这么觉得。"马丁斯绝望地说道。

"好了，班诺克夫人，等到了提问环节再说吧。"

"我知道自己讲话有点直，但我敢肯定德克斯特先生会更看重开诚布公的批评。"

一位老妇人，他猜应该就是伯爵夫人了，过来向他说道："我不怎么读英语书，德克斯特先生，不过我听说您的……"

“您要不赶紧喝完？”克拉宾一边说一边推着他走进里面的房间，那里有许多上了年纪的人正带着悲戚戚的耐心坐在围成半圆形的椅子上。

对于那天的讨论会，马丁斯对我说不出太多东西来，他的脑子依然被稍早见到的死亡弄得有点蒙。当他抬起头来，随时都以为自己会看到那个叫汉塞尔的孩子，听到那挥之不去、咬文嚼字般的叠句：“爸爸，爸爸。”克拉宾显然已经说起了开场白，由于我对克拉宾知根知底，所以我敢肯定那会是一幅关于当代英国小说的非常清楚、非常优美而又毫无偏见的图画。我经常听他这番说辞，一般只根据具体的英国来访者稍加变动，对其作品加以强调。他会对各种技巧上面的问题都略加触及——视角、时间的推移——然后他会宣布会议进入提问和讨论环节。

马丁斯一点儿都没听到第一个问题，所幸的是克拉宾顶了上来，做出了令人满意的回答。一位戴了顶棕色帽子、脖子上围了一片皮草的女士饶有兴趣地问道：“我可以问问德克斯特先生是否在忙于新作吗？”

“哦，是的——是的。”

“可以问问书名吗？”

“《第三人》。”马丁斯因为跨越了那道心理障碍而获得了一种虚假的自信心。

“德克斯特先生，能告诉我们哪位作家对您的影响最大吗？”

马丁斯不假思索地答道：“格雷。”他指的当然是《紫鼠尾草骑手》的作者，而且他很高兴地发现自己的回答令大家普遍感到满意——只有一位上了年纪的奥地利人问了句：“格雷，哪个格雷？我不知道这个名字。”

马丁斯觉得自己现在已经安全了，便说道：“赞恩·格雷——我不知道别的格雷。”话音刚落，从英国人集中的地方便传来了虚与委蛇的低笑，这令他很是不解。

克拉宾为了那些奥地利人而插话道：“那是德克斯特先生开的一个小玩笑。他指的是诗人格雷[1]——一位风格优雅、温和、深邃的天才——大家一眼就能看出他们之间的紧密关联。”

“他的名字是叫赞恩·格雷吗？”

“那是德克斯特先生的玩笑。赞恩·格雷写的是我们所谓的西部小说——那种关于匪帮和牛仔的二流廉价畅销书。”

“你不认为他是个伟大的作家？”

“不是，不是，差得远着呢。”克拉宾先生说，“从严格意义上来说我都根本不会称他是个作家，他充其量只是个流行艺人罢了。”马丁斯跟我说，这话引起了他最初的反感。他之前从不把自己看作是

1 这里应该指的是托马斯·格雷（Thomas Gray，1716—1771），英国18世纪重要的抒情诗人，代表作为《墓畔挽歌》。

个作家，但克拉宾的自以为是激怒了他——甚至从克拉宾眼镜片上反射回来的光似乎也成了一个令他光火的原因。

“他凭什么不是？”马丁斯的话冲了起来。

“啊，这个啊，我的意思只是说——”

“莎士比亚是什么？”

某人参着胆子说道：“一位诗人。”

“你读过赞恩·格雷的书吗？”

“没有，不能算是——”

“那你就不知道自己在说什么。”

两位年轻人中的一个想要替克拉宾打圆场。“那詹姆斯·乔伊斯呢，你把詹姆斯·乔伊斯摆在何等地位呢，德克斯特先生？”

“摆是什么意思？我不想把任何人摆到任何地方。”马丁斯说。这一天里发生的事塞得已经太满了：他跟库勒上校一起喝了太多的酒；他坠入了爱河；有个男人被杀了——而他现在又有了一种相当不公的感觉，觉得自己被人针对了。赞恩·格雷是他心中的英雄：要是他容忍别人这样的胡说八道那他就不是人了。

“我的意思是说您会将詹姆斯·乔伊斯摆在真正伟大的作家之列吗？”

“如果你想知道的话，我从来没有听说过这个人。他写了什么？”

尽管他自己没有意识到，但他正在制造出一个惊天动地的场面来，只有一个伟大的作家才能说出如此傲慢、如此令人匪夷所思的话来。有几个人在信封背面写下格雷的名字，伯爵夫人用嘶哑的嗓音低声问克拉宾："赞恩是哪两个字？"

"跟您说实话吧，我也吃不大准。"

又有许多名字同时朝马丁斯飞来——有些小而尖利比如斯泰因[1]，有的似圆圆的卵石比如伍尔夫[2]。一位留着一缕额发，带点知识分子气质的奥地利青年喊道："达芙妮·杜穆里埃[3]。"克拉宾先生皱起了眉头，扫了一眼身边的马丁斯，随后小声说道："放过他们吧。"

一位穿着手织套衫、面容和善的女士用充满伤感的语调问道："德克斯特先生，我觉得没有一个人，没有一个人能像弗吉尼亚·伍尔夫那样把感情写得如此富有诗意，您同意吗？我是指用散文。"

克拉宾低声说："您可以谈两句意识流。"

"什么流？"

克拉宾的声音里现出了一丝绝望："求您啦，德克斯特先生，这

1 格特鲁德·斯泰因（Gertrude Stein，1874—1946），美国作家与诗人。

2 弗吉尼亚·伍尔夫（Virginia Woolf，1882—1941），英国女作家、文学批评家和文艺理论家、意识流文学代表人物。

3 达芙妮·杜穆里埃（Daphne du Maurier，1907—1989），英国悬疑浪漫女作家，代表作为《蝴蝶梦》。

些人都是您真正的崇拜者，他们想要听听您的见解。知道吗？他们可是把学会给围了个里三层外三层啊。”

一位上了年纪的奥地利人问：“在当今的英国，有哪位作家在声望上能与已故的约翰·高尔斯华绥相匹敌吗？”

场内顿时爆发出了一阵怒气冲冲的喧哗，杜穆里埃、普里斯特利[1]和某个莱曼[2]的名字在耳畔飞来飞去。马丁斯心情沮丧地坐回到椅子上，眼前再次出现了积雪、担架和科赫太太那张充满绝望的脸。他忖道：若是我不曾回去，若是我不曾问问题，那个小个子男人是不是会依然活着？似他这般送上另一个牺牲品又能为哈利带来什么好处呢——这么一个牺牲品能缓解的是谁的恐惧呢？是库尔茨先生、库勒上校（他难以相信这点），还是温克勒医生？他们当中似乎谁也不够格引发地下室里那桩死气沉沉而又令人毛骨悚然的罪行。他能听到那个孩子在说：“我看到焦炭上有血。”有人朝他转过一张没有五官的空白的脸来，一个灰色的黏土的蛋，第三人。

马丁斯说不出他是怎么把讨论会的剩余部分给撑过去的。也许是克拉宾把火力给吸引了过去；也许某些听众帮了他的忙，他们饶有兴致地聊起了某部流行的美国小说的电影版。马丁斯就这么模模糊糊地

1 约翰·博因顿·普里斯特利（John Boynton Priestley，1894—1984），英国剧作家、小说家、批评家。

2 Layman在英语中有“门外汉”的意思，显然是出于恶作剧的目的而临时杜撰出来的名字。

坐着，待他再度醒觉过来，发现克拉宾已经在发表对他表示感谢的结束语了。这时两位年轻人中的一个领他来到一张堆满了新书的桌子跟前请他签名："我们只允许每个成员签一本书。"

"我该干些什么呢？"

"只要签个名就行了，这就是他们全部的期盼了。这本是我的《弧形船头》，如果您再给我随便写上几句那我就太感谢了。"

马丁斯拿出笔来写道："B.德克斯特，《圣塔菲的孤独骑手》的作者。"年轻人看着这个句子，把字迹上的墨迹吸干，脸上露出迷惑不解的表情。马丁斯坐下来，开始在扉页上签起本杰明·德克斯特的名字来，从身边的一面镜子里他看见年轻人正在把自己的题字给克拉宾看。克拉宾疲软地挤出一丝笑容，摸着自己的下巴，从上到下，从上到下。"B.德克斯特""B.德克斯特""B.德克斯特"，马丁斯一本接一本快速地签着——这样一来倒也不算是个谎言了[1]。书一本接一本地来到各自主人手里，让人高兴的简短恭维之辞从他的笔端纷纷落下，如同一个个屈膝礼一般——当作家难道就是这样的吗？马丁斯心中开始对本杰明·德克斯特蹿出一股火来。真是个自鸣得意、无趣乏味、华而不实的傻货，他一边这么想着，一边签着第二十七本《弧形船头》。每次他抬起头来拿过下一本书，都看见克拉宾忧心忡忡、若有

1 罗洛·马丁斯的笔名是巴克·德克斯特，他冒认的名作家是本杰明·德克斯特，写成缩略形式都是B.德克斯特。

所思地望着自己。学会的成员们已经开始带着战利品陆续回家了，房间渐渐空了下来。突然，马丁斯在镜子里看到一个宪兵，似乎正在跟克拉宾的那两个小喽啰发生争吵。马丁斯觉得在他们的话语中好像听到了自己的名字。他顿时慌了神，这一慌更是连残存的一点常识也失去了。此时只有一本书还没签了，他草草写下最后一个“B.德克斯特”便朝门外跑去。那个年轻人、克拉宾和那个宪兵都站在入口的地方。

“这位先生是？”

“他是本杰明·德克斯特先生。”

“厕所，厕所在哪儿？”马丁斯问。

“我听说有位罗洛·马丁斯先生坐你们的车到这儿来了。”

“弄错了，显然是弄错了。”

“二楼左拐。”年轻人回答道。

马丁斯出门后朝楼梯下走去，经过衣帽间的时候一把抓过自己的外套。在一楼的楼梯平台上他听到有人正沿着楼梯上来，越过栏杆一看，发现来人正是我派去确认他身份的佩恩。于是他折回身去，随意打开一扇门，进去后把门关上，随即听到了佩恩走过去的声音。房间一片漆黑，此时忽然传来一声奇怪的哼哼，他回转身来，看着这个用途不明的房间。

他什么也没看见，声音也停了。他稍微动了一下，声音又开始了，像是受到阻碍的呼吸。他保持不动，声音又渐渐消失了。门外有人在喊："德克斯特先生，德克斯特先生。"然后一个新的声音响了起来，像是有人在低语——在黑暗中长久又持续的自言自语。马丁斯开口问道"有人吗"，那声音又停了。他再也不能忍受了，掏出打火机来。脚步声从门外经过，下楼梯去了。他连着摩擦了几次打火机上的小滑轮，都没把火打着。有什么东西在黑暗中移动，又有什么东西在半空中抖出链条的声响。他又气又怕地再问了一遍："有人吗？"回答他的只有咔嗒咔嗒的金属声响。

马丁斯绝望地想要把打火机打着，右手不行又换到了左手。他不敢走远，因为他已经无法判明和他共同占据房间的这位伙伴的位置了，此前出现过的低语、哼哼和咔嗒咔嗒的金属声全都停止了。这时他害怕自己找不到门了，伸出手去拼命地摸索门把手。他对黑暗的恐惧已经远远超过了他对警察的恐惧，因此根本顾不上自己正在闹出的声响了。

佩恩在楼梯下面听到声响后折了回来。他打开楼梯平台上的电灯开关，门底下透进来的光让马丁斯有了方向感。他打开门，朝着佩恩露出凄然的笑容，然后回头重新打量了一下房间。一只被链子拴在栖木上的鹦鹉正用亮晶晶的小眼珠回瞪着他。佩恩用非常尊重的语气对他说道："我们正在找您呢，先生。卡洛韦上校想跟您聊聊。"

"我迷路了。"马丁斯说。

"是的，先生，我们觉得事情正是如此。"

10

自从我知道马丁斯没有坐飞机回家那一刻起，就对他的一举一动给予了非常详细的记录。他被看到和库尔茨碰面，被看到去了约瑟夫大街剧院；我知道他拜访了温克勒医生，拜访了库勒上校，然后又第一次回到了哈利住过的街区。出于某种原因，我的人在库勒的公寓和安娜·施密特的公寓之间把他跟丢了。他报告说马丁斯在漫无目的地瞎逛，我们共同的印象是他故意摆脱了自己的盯梢者。我想要在饭店接他走，却正好和他错过了。

事件发生了令人不安的转折，在我看来，是该要和他再好好聊一聊了。他有许多事情得解释。

我在我们两人中间摆了一张宽阔的大桌子，又给了他一支香烟。我发现他虽然心绪不佳，却愿意在有严格限制的条件下说话。我问他库尔茨的事，他似乎给出了令人满意的回答。然后我又问起安娜，从回答中我判断出拜访完库勒上校后他肯定是跟她在一起，从而填补上了一个缺失的点。我试着问起温克勒医生，他回答得不带半点犹豫。“你走了不少地方啊。”我说，“发现什么关于你朋友的事了吗？”

“那是当然，”他略带不屑地回答道，“就在你眼皮子底下，可你却看不见。”

“什么？”

“他是被谋杀的。”这话让我稍稍有点意外，我曾经考虑过他会不会是自杀，但后来把这种可能性排除了。

“接着说。”我鼓励道。他试图在自己的故事中避免提到科赫的名字，只说是一个目睹了意外后向他提供信息的人。这让他的故事让人有点摸不着头脑，我刚开始的时候没怎么明白为什么他会觉得第三人如此重要。

“他没有出现在验尸审讯中，其他人撒了谎把他排除在外了。”

“向你提供消息的人不也没露面吗？——我没觉得这有什么大不了的。如果这是一场货真价实的交通事故，那么所有该有的证据都有了。为什么要把另一个家伙卷进来呢？也许他妻子以为他出城去了，也许他是个没有请假擅自离开的官员——人们有时候会从诸如克拉根福这样的地方未经批准就来一趟维也纳。什么样的人都能在大城市里找得到乐子。”

“事情可不只是这样。告诉我这件事的那个小人物——他们把他给杀了。你明白吗？他们显然不知道他还看到了别的什么。”

“现在我可算弄明白了。”我说，“你说的是科赫啊。”

“对。”

“据我们所知，你是最后一个见到科赫活着的人。”然后我就盘问他，像之前写到过的，有没有在去科赫家的途中发现自己被人跟踪——这个人比我的人更机灵，隐藏住了自己的行迹。我说：“奥地利警察很想把这个案子安到你头上。科赫太太说自你拜访过后，她丈夫变得很不安。还有谁知道这件事？”

“我跟库勒说了。”他有点激动地说道，“假设我一离开他就把这件事打电话告诉了某人——告诉了那第三人，他们必须要封住科赫的口。”

“你跟库勒上校一说这事儿，那家伙就已经死定了。那天晚上他走下床，听到了某人的动静，走下楼去——”

“那，这就能把我排除了，我在萨克旅馆。”

“但他上床上得很早。你的拜访让他的偏头痛又犯了，他起来的时候九点刚过。你是九点三十回的萨克旅馆，那之前你在哪儿？”

他郁郁寡欢地说道：“四处瞎转悠，想要把事情理出个头绪来。”

“有什么能证明你行动的证据吗？”

“没有。”

我想要吓唬他一下，因此便没有必要告诉他一直都有人跟着他。我知道他没有割断科赫的喉咙，不过我不是很肯定他有自己装出的那样无辜。拥有刀子的人并不总是真正的杀人者。

“我能再来支烟吗？”

“可以。”

他说：“你是怎么知道我去了科赫家的？你就是为了这个把我抓来的吧，嗯？”

“奥地利警方——”

“他们并不知道我是谁。”

“你一离开库勒上校，他就打电话给我了。”

“那就把他给撇清了。要是他跟这事儿有染的话，就不会要我再来跟你讲我的故事——我是说讲科赫的故事了。”

“他也许认为你是一个明智的人，一听说科赫的死讯就跑来把一切都告诉我。对了，科赫的死你是怎么知道的？”

他毫不迟疑地跟我讲了经过，我相信他说的话。到了这时我开始完全相信他了。他说：“我还是不相信库勒会跟他的死有关。我愿意押上任何东西赌他是诚实的，他是那种有真正责任感的美国人。”

“对，”我说，“他打电话的时候把事情都跟我说了，他为此道了歉。他说对于一个从小就受着公民教育的人来说这真是再糟糕不过了，他说这让他觉得自己像个道学先生。跟你说实话吧，库勒让我很光火。当然啦，他并不知道我知道他的轮胎生意。”

“这么说他也在做黑市生意？”

“不算太严重，我敢说他挣了有两万五千美元。不过我不是个好公民，就让美国人照料好他们自己人吧。”

“天哪！”他沉思着说道，“这就是哈利卷进去的那种事儿吗？”

“不，他卷进去的事可比这有害得多。”

他说：“知道吗？这种生意——科赫的死——让我感受到了震动。也许哈利真的卷到什么不好的事里去了，也许他想要重新挣脱出来，而那就是他们谋杀他的原因。”

“又或者，”我说，“他们是因为分赃不均。做贼的早晚得散伙儿。”

这次他听了一点儿都没有上火。他说：“我们对动机的看法不会一样，但我觉得你在核查事实方面做得不错。我对前两天的事感到抱歉。”

“没事儿。”人们有时候会在瞬间做出决定——此时就是这样，我也在他向我提供信息这点上欠了他一点人情，于是我说，“在莱姆的案子上，我会给你看足够的事实，好让你了解真相。不过看过以后请不要跳脚，你会大吃一惊的。”

这没法不令人大吃一惊。战争与和平（如果你可以称之为和平）催生出大量的黑市生意，不过哪个也不像这个这么邪恶。食品的黑市商人至少还提供食品，其他的黑市商人也是如此，他们以高得离谱的价格提供短缺的物资。但盘尼西林的黑市生意就是一桩完全不同的事了。在奥地利，盘尼西林只供给军方的医院。没有一个非军方的医生，甚至没有一家非军方的医院可以通过合法途径得到盘尼西林。黑市生意刚开始的时候，还相对无害。盘尼西林可以通过军令窃取——伪造军令，然后以很高的价格卖给奥地利的医生们——小小的一瓶可以卖到七十英镑之巨额。你也许会说这也算是一种分配形式——不公平的分配，因为只有富有的病人能受益，但原先的那种分配形式也丝毫不比现在这样公平到哪儿去。

这项黑市生意很红火地进行了一段时间。时不时地会有某个传令兵被抓并受到惩罚，但风险只会提高盘尼西林的价格。后来黑市生意开始变得有组织了，一些大人物看到了这项生意中的大钱，而最初的贼虽说从自己的赃物中获利减少，但他相应得到了一定的安全：在他身上要是出了什么事，会有人罩着他。人性中也会有心灵一无所知的奇怪而又扭曲的理性。许多小人物不再良心有愧了，他们觉得自己是在替一个雇主干活，没过多久，他们在自己的眼中就几乎是像靠工资生活的人一样受人尊敬了。他们成了一伙儿，而要是说这事儿有罪的话，自有那领头的扛着。一门黑市生意的运作方式实在像极了一个极权的党派。

我有时候管这叫第二阶段，到了第三阶段时那些组织者认为利润不够大了。盘尼西林并不是一直都能以合法途径获得。在一切都顺利时他们想要更多的钱，想要钱来得更快。他们开始往盘尼西林里兑有颜色的水，至于溶剂里该有的沉淀物，他们就用沙子。我在自己桌子的抽屉里保留了一个假药的博物馆，我给马丁斯看了那些样品。这场谈话令他感到不快，但他没有抓住问题的重点。他说："我想这样一来药剂就没用了。"

我说："如果只是这样的话我们不会如此担心，可是你想，人们会对盘尼西林产生抗药性。往最好里说，用过这种货色会让某个病人将来再接受盘尼西林治疗时不起效果。如果你得的是性病的话，这事儿当然就不那么好玩儿了。其次，沙子对于需要用到盘尼西林的伤口来说——啊，这是不健康的。人们会因此失去腿和胳膊——还有性命。不过让我最感到可怕的也许是走访本地的儿童医院了，他们买了一些这样的盘尼西林用于治疗脑膜炎，不少孩子就这样死了，还有很多出现了精神错乱。你现在可以在精神病房里见到他们。"

他坐在桌子对面，怒目圆睁，望着自己的双手。我说："这事儿细想想就很怕人，对吧？"

"你还没给我看任何证据呢，凭什么说哈利——"

"就要说到了，好好坐着听。"我打开莱姆的案卷念了起来。开始的时候证据纯粹是间接的，马丁斯有点坐立不安。很多证据里面都包含着巧合——情报人员报告说莱姆在某一时间出现在了某一地点、各种机会越凑越多、他与某些人的相识。马丁斯在这当中抗议了一次："但同样的证据也可以对我形成不利——现在。"

"别急。"我说。出于某种原因哈利·莱姆变得越来越没有顾忌了，也许他意识到我们怀疑上了他，有点不知所措了。他在国际救援组织里担任相当重要的职务，那样的人往往更容易慌乱。我们安插了一名特工在英军医院里担任传令兵，到这时我们已经知道那个中间人的名字了，但我们一直也没能顺着这条线找到源头。好了，这会儿我就不麻烦读者，但我当时麻烦马丁斯，听我一五一十道出其中的过程——如何费了好一番工夫才赢得那位名叫哈宾的中间人的信任。最后我们对哈宾施加了压力，给他紧了紧扣，他叫唤了一番之后终于向我们告了密[1]。这种警察的活儿很像情报部门的工作：你得找一个你能真正控制的人，让他成为双面间谍，而哈宾就是我们找到的那个人。但即便是他也只是领着我们顺藤摸瓜摸到了库尔茨。

"库尔茨！"马丁斯叫了起来，"可你们为什么不把他给抓了呢？"

"发起总攻的时刻就快要到了。"我说。

1 这里的英语原文是squeal，该词既有发出尖叫的意思，又是俚语"告密"的意思。这里选择把双关的两层意思结合到一起都翻译出来，是为了给后面再次用到这个词做铺垫。

库尔茨是向前推进的一大步，因为他是跟莱姆直接联系的——他有一份不起眼的伪装工作，跟国际救援组织有关联。对库尔茨，莱姆有时候会在纸上留下文字——如果事情紧急的话。我把一张字条的翻拍照片拿给马丁斯看："认得这个吗？"

"这是哈利的字迹。"他把字条内容一口气看完，"我没觉得这有什么问题啊。"

"是没问题，可你再看看哈宾给库尔茨的这个条子——这是我们听写下来的。看看日期，这就是结果。"

他把两张条子各从头到尾读了两遍。

"明白我的意思了？"如果有人看到了世界末日，看到一架飞机从航线上坠落，我想他是不会害怕得牙齿打战的。此时此刻对于马丁斯来说，一个世界毫无疑问地来到了末日。这是一个充满舒适友谊的世界，一个有着英雄崇拜的世界，一个有着从二十年前的学校走廊里建立起的信任的世界。每一段记忆——长长草丛中的午后、布里克沃斯公地中的非法射击、那些梦、那些散步、每一段共享的经历——顷刻之间全被玷污了，像被扔了原子弹的小镇，会有很长一段时间人们无法在那里安全走过。他坐在那里，凝视着自己的双手，沉默无语。我从橱里拿出一瓶价格不菲的威士忌，倒了两大杯双份。"来，喝了。"他乖乖照做，就好像我是他的医生。我待他喝完后又给他倒了一杯。

他缓慢地问道："你肯定他就是真正的老板吗？"

"我们一路查下来的。"

"知道吗？他总是还没想明白就采取行动。"

我没有反驳他，尽管这不是他之前告诉我的对莱姆的印象。他这是在捞救命稻草。

"假如，"他说，"是有人在操控他，逼着他陷入这项黑市生意，就像你逼着哈宾反过来去欺骗……"

"有这种可能。"

"而他们怕他被捕后会说出一切，于是谋杀了他。"

"不是没这种可能。"

"我很高兴他们杀了他。"他说，"我不会愿意听到哈利叫唤的。"他做了一个奇怪的小动作，用手在膝盖上掸了一下，仿佛在说"就这么定了"。他说："我要回英国去了。"

"我劝你暂时先别走。如果你试图在此刻离开维也纳，奥地利警方会借题发挥的。知道吗？库勒的责任感让他也给他们打了电话。"

"明白了。"他绝望地说道。

"等我们找到了那第三人……"

"我倒是很想听他叫唤。"他说，"杂种，该死的杂种。"

11

离开我之后，马丁斯直接跑去把自己往死里灌了。他选择了东方夜总会来干这件事，这是一家有着山寨版东方门脸的小夜总会，里面总是烟雾腾腾，气氛阴沉。楼梯两边同样贴着半裸照片，酒吧里同样是美国佬、糟糕的葡萄酒和非同一般的金酒——他仿佛置身在破败欧洲任何一个破败首都的任何一家三流夜店里。在毫无希望可言的凌晨时分的某一刻，国际巡逻队到这里来看了看，一个俄国士兵一看见他们就背过身勾头缩颈地朝楼梯逃去，跑路的样子活像一只收获季节的小动物。美国人根本不为所动，也没人来跟他们过不去。马丁斯喝了一轮又一轮。他原本也许还想要个女人的，但做卡巴莱歌舞表演的女郎们都已经回了家，那儿几乎没女人剩下了，只有一个美丽的、一脸聪明相的法国记者，她跟自己的伙伴说了一句什么，然后满是不屑地睡着了。

马丁斯在这家喝完后继续转战：马克西姆饭店里有为数寥寥的几对儿在意兴阑珊地跳着舞，而在一个叫维克多家的地方暖气出了故障，人们穿着外套坐在那里喝着鸡尾酒。喝到这会儿马丁斯眼前已经有斑点在游动了，而且一股孤独感压得他透不过气来。他的头脑先是回到了都柏林那个姑娘的身上，然后又转回到阿姆斯特丹那个。那是唯一不会欺骗你的东西——一杯接一杯地喝酒，简单的身体行为：就像人们不会指望女人忠实一样。他的头脑在不停地转着圈儿——从情感转到欲望，又从信仰转回到什么都不信。

电车已经停开了，他固执地动身走着去找哈利的妞儿。他想对她表白——就是那样：没有废话，没有煽情。此刻他想使用暴力，积了雪的路像湖面般起伏着，将他的心思推上一条新的轨道：通向悲伤，通向永恒的爱，通向自我克制。待来到街角一堵稍微能带来点遮挡的墙边时，他对着地上的雪吐了起来。

等他爬上楼梯，来到安娜家门口时，肯定是凌晨三点左右了。到那会儿，他已经几乎清醒了。此时他脑子里只有一个念头，那就是她肯定也了解哈利。他觉得这份了解多少能减轻记忆对人类的重压，那他就有机会和哈利喜欢过的姑娘走到一起。如果一个人自己陷入了爱河，那他根本不会想到那姑娘其实并不知道，他会觉得自己讲话的声调、双手的碰触都已经明白无误地表明了爱意。所以当安娜对他打开门，吃惊地看到他头发蓬乱地站在门槛上时，他一点都没想到她其实是在给一个陌生人开门。

他说："安娜，我弄明白所有的事了。"

"进来，你不想把整栋房子的人都吵醒吧。"她穿着睡衣，屋子里那张沙发已经变成了床，床上那种凌乱的样子表明睡在床上的人是怎样地彻夜无眠。

在他呆立在那儿找话说的时候，她先开了口："嗯，怎么啦？我还以为你要躲着我呢。警方在盯着你吗？"

"没有。"

"那人真不是你杀的，对吧？"

"当然不是我杀的。"

"你喝醉了吧？"

"有一点。"他闷闷不乐地说道，见面似乎在朝非他所想的方向发展着，他生气地说道，"我很抱歉。"

"为什么？我自己也想要喝一点呢。"

他说："我刚才一直都跟英国警方在一起，他们相信人不是我杀的。不过我从他们那里知道了所有的事情，哈利在做黑市生意——很不好的黑市生意。"他的语调中充满着绝望，"他一点都不是个好人。我们俩都错了。"

"你最好跟我说说。"安娜在床沿上坐了下来，他站在桌边，桌上那本打印的剧本依然摊开在第一页，他微微摇晃着跟她说了起来。据我所想，他的讲述头绪应该有点乱，主要讲的是给他留下最大震撼的那些，比如死于脑膜炎的孩子，和那些精神病院里的孩子。说着说着他停了下来，两人保持了一会儿沉默，然后她问："就这些吗？"

"对。"

"他们告诉你这些的时候你是清醒的吗？这些都已经证实了吗？"

"对，"他阴沉沉地加了一句，"看到了吧，这才是真正的哈利。"

"我很高兴他已经死了。"她说，"我可不想让他在牢里一年年地烂掉。"

"那你能明白吗，为什么哈利——你的哈利，我的哈利——会跟……会跟……卷到一起？"他绝望地说道，"我感觉他就好像从来没有真正存在过一样，他是我们做梦给梦出来的。他是不是一直都在嘲笑我们这样的傻瓜？"

"也许是吧，可这又有什么关系呢？坐下吧。别担心了。"他之前构想的画面是自己来安慰她——而不是这相反的一幕，她说，"如果他这会儿活着，也许还能给我们解释解释，可我们只能记住他在我们心目中的样子了。一个人总有那么多不为人所了解的东西，即便是为人所爱的人——好的东西、不好的东西，我们必须留下足够的空间来接纳。”

“那些孩子——”

她生气地打断道：“看在上帝的分上别再按自己的形象来塑造人了。哈利是真实的，他不只是你的英雄和我的恋人。他是哈利，他做黑市生意，他干坏事。那又怎么样呢？他还是我们认识的那个人。”

“别说这么多该死的有哲理的话，你难道看不出来我爱你吗？”

她吃惊地瞪大了眼睛望着他：“你？”

“对，我。我没有用假药杀人。我不是个伪君子，让人们以为我是最了不起的——我就是个糟糕的作家，喝太多的酒，会爱上姑娘……”

她说：“可我甚至还不知道你眼睛的颜色。如果你刚才打电话过来，问我你是黑发还是金发或者有没有小胡子，我肯定说不上来。”

“你能把他从你的头脑里赶出去吗？”

“不能。”

“等他们把科赫这桩谋杀案处理完，我就会离开维也纳。到底是库尔茨杀了哈利——还是那第三人杀的，我感觉我已经不再感兴趣了。无论谁杀的他，他都算是罪有应得。在这种情况下说不定我自己都会要杀他。不过你依然爱着他，你爱的是一个骗子、一个谋杀犯。”

“我爱的是个人，我告诉过你——一个人不会因为你对他有了更多的发现而改变，他还是同一个人。”

“我讨厌你说话的样子。我的头开始越来越痛了，而你还在说啊说啊……”

“我可没请你来。”

“你真让我来气。”

突然间，她大笑了起来。她说：“你这人真是滑稽。你——一个陌生人——凌晨三点跑来我这儿说你爱我。然后你生气了，要跟我吵架。你指望我做什么——或者指望我说什么呢？”

“我以前从来没见过你笑。再笑一次，我喜欢。”

“这点东西不够笑两次的。”

他一把抓住她的肩膀，轻轻地晃了晃说：“我可以整天给你扮滑稽样，我可以头顶地隔着腿冲你傻笑，我可以从饭后笑话集里学很多很多的笑话。”

“别站在窗边，没挂窗帘。”

“没人会看。”但在下意识地验证了一下自己的话后，他反倒不那么确定了：有一个长长的影子动了一下，也许是随着遮住月亮的云而动的，随后又一动不动了。“你还爱着哈利，对吧？”

“对。”

“也许我也还爱着他，我不知道。”他放下双手后说，“我要走了。”

他很快离开了。他没有费心去看身后是否有人跟踪，也没有去查看那影子到底是怎么回事。但在他经过一条街道的尽头时，碰巧转身看了看，就在街角，紧贴着墙想躲过他注意的，是一个矮壮结实的身影。马丁斯停下脚步细看，觉得那身影有点眼熟。也许，他心想，在过去的二十四小时里我已经不知不觉间对他感到习惯了，又也许他就是那些孜孜不倦地要确认我行踪的人员之一。马丁斯站在二十码开外的地方，盯着黑暗街头那个一言不发、一动不动的身影，那人也回盯着他。一个警方的探子，也许吧，或者是那伙人派来的，就是那伙先把哈利拖下水后来又杀了他的人——甚至有没有可能就是那第三人？

让他感到熟悉的并不是脸，因为他连对方下巴的角度都看不出来；也不是动作，因为那个身影一直都凝固着，他甚至都开始觉得这整个东西只是影子所造成的幻象。他大声喊道：“你想要干吗？”没有回答。他带着被酒精点燃的肝火又喊了一遍：“回答啊，哑巴啦？”这回有回答了，一个被他吵醒了好觉的人怒气冲冲地拉开了窗帘，顿时，一道灯光直直地泻到了窄窄的街道上，照亮了那个身影的面容——哈利·莱姆。

12

“你相信鬼吗？”马丁斯问我。

“那你呢？”

“我现在信了。”

“我还相信喝多了的人会产生幻觉——有时候看见老鼠，有时候看见的更糟糕。”

他没有马上就跑来跟我讲他遇到的事——只是因为安娜·施密特面临的危险才把他抛回到我的办公室。走进门的时候他活像是被大海冲上岸的一样，头发蓬乱、满脸胡茬，被他无法理解的经历闹得心神不宁。他说：“如果不是因为那张脸的话，我根本就不会为之烦恼。我整天脑子里想着哈利，因此很容易便会把个陌生人错当成他。知道吗？那盏灯马上就又关上了。我只瞥到了一眼，然后那人就匆匆顺着大街跑掉了——如果那是个男人的话。那条街有很长一段都没有可以拐进去的地方，可我一时有点蒙，所以又让他多跑了三十码。他来到一个那种贴满广告的小亭子，然后片刻间就跑出了我的视线。我在后面跑着追他，只花了十秒钟就来到了小亭子跟前。他肯定听到我在跑了，可事情就是那么奇怪，他就那么再也没有影儿了。我来到小亭子边，那儿什么人都没有。整条街都是空的。要是他进了哪个门，我不可能看不见的。他就那样凭空消失了。”

“如果是鬼魂那就没什么好奇怪的——要么就是幻觉。”

“可我不相信自己醉到了那个地步。”

“那你当时怎么做的？”

“我只能再去喝上一杯，我的神经都快要崩溃了。”

“喝完之后你再见到过他吗？”

“没有，但一杯酒又把我给送回了安娜家。”

我想，若不是那件发生在安娜·施密特身上的未遂事件，他原本是不好意思带着那么荒唐的故事跑到我这里来的。在他跟我讲了他的故事后我的推测是，在他身后一直有个监视者——虽然酒精和歇斯底里把哈利·莱姆的面目贴到了那个人的脸上。那位监视者注意到了他对安娜的拜访，并通过电话向那个圈子——盘尼西林圈子——的成员发出了警告。那天晚上的事情进展得非常迅速。你们还记得，库尔茨是住在俄管区的——确切说来是在第二区一条宽阔、空旷、荒凉、直通普拉特游乐场的大街上，像他那样的人或许已经有了颇具影响力的人脉。一个俄国人要是被人看见跟美国人或英国人言谈甚欢那他就完了，可是奥地利人是潜在的盟友——而且再怎么说，被毁灭、被打败的人所具有的影响力是不足为虑的。

你们必须要明白，在这一时期，西方联盟和俄国人之间的合作已经几乎破裂了，虽然还没有完全断。

同盟国之间最初在维也纳的警察协定是把宪兵（他们也必须处理涉及同盟国人员的罪行）局限在他们各自的管区中，只有在得到允许后才可以进入另一个大国的管区。这个协定在三个西方大国之间执行得很顺畅。我只要拿起电话打给美国管区和法国管区中与我职务对应的官员，就可以派我的人去逮捕或讯问了。在刚占领维也纳的头六个月里，这一套在俄国人那里也还算行得通：也许在过了四十八小时后我会得到许可，而实际上也很少有需要比这更快的情况。即便是在英国本土，要想从上级那里得到搜查令或是拘留嫌犯的许可，也并不总是一直有可能比这更快。后来四十八小时变成了一周或两周，我记得在我的美国同事突然想起查看一下记录的时候，发现有四十桩案子已经拖过了三个月，而他甚至连对方获悉他请求的表示都没有收到过。接下来麻烦开始了。我们开始拒绝，或者不回答俄国人提出的请求，有时候他们在没有许可的情况下也会派警察进入，于是就有了冲突。

……在这个故事发生的这段日子，西方的三个大国已经基本不再向俄国人提出请求，也不再对俄国人的请求给予答复了。这就意味着，如果想要逮捕库尔茨，我就只能在俄管区外面抓他，尽管当然也总会有那样的可能：他的活动也许会得罪俄国人，然后受到比我们所能施加的更突然、更严厉的惩罚。安娜·施密特的案子就是这样的冲突之一：罗洛·马丁斯于凌晨四点醉醺醺地回去，想告诉安娜他见到了哈利的鬼魂，却被一个惊魂未定、尚未能重回梦乡的搬运工告知，她已经被国际巡逻队给抓走了。

事情的经过是这样的。大家一定还记得，在内城管理一事上，当时正是俄国人担任轮值主席，而在俄国人主事的时候，定会有不合常规的事发生。在这回这件事上，俄国警察在巡逻巡到一半的时候突然对同事捣了些鬼，把车开到了安娜·施密特住的那条街。那晚当值的英国宪兵是个新手，直到他的同事们告诉他之后，他才意识到他们进入了英国区。他会说一点德语但不会说法语，而同行的法国宪兵是一个爱挖苦人的顽固的巴黎人，三两句说不清之后便不再试图跟他解释了。美国宪兵接过了解释的活儿。“这事儿对我倒是无所谓，”他说，“但对你也无所谓吗？”英国宪兵拍了拍俄国宪兵的肩膀，俄国人转过他那张蒙古人的脸来，朝他甩出一长串他听不懂的斯拉夫语来。于是汽车继续前行。

在安娜·施密特的街区外，美国宪兵插手了游戏，用德语问这到底是怎么回事。法国宪兵头靠在车边上，点燃了一根臭烘烘的卡帕罗粗烟丝卷成的香烟。法国与此事无关，而任何事只要不牵涉到法国，在他看来就是无足轻重的。俄国宪兵好不容易抠出几个德语词来，又挥动一下几页文件。就他们所能理解的来看，一个在俄国遭到警方全国通缉的罪犯就住在这里，身上没有合法文件。他们走上楼去，俄国宪兵试了试安娜家的门，门关得死死的。他不等里面的人有机会开门让他进去，就用肩膀撞开了门。安娜正躺在床上，虽说我并不觉得经过马丁斯的来访后她是睡着的。

如果你不是跟此事直接相关的话，那么还是能从这些场景中看出不少喜剧成分来的。你得在中欧经历过恐怖，得有一个属于失败者的父亲，得经历过破门搜查和家人失踪，得具备了这些背景，恐惧才会超出你感受到的喜感。那个俄国人，你懂的，在安娜穿衣服的时候拒绝离开房间；英国人拒绝留在房间里；美国人不想让一个女孩子跟一个俄国士兵待在一起没人保护；而法国人——哈，我想法国人肯定觉得这很有趣。你们能想象出这一幕场景吗？俄国人在尽着自己的职责，眼睛一刻不停地盯着那姑娘，心里没有一丝邪念；美国人很有骑士风度地背过身去站着，但我肯定他注意着房间里每个人的一举一动；法国人一边抽着烟，一边事不关已但饶有兴趣地从衣橱镜子里看着姑娘穿衣服；而走道里的英国人则在想着接下来该做什么。

我不想让你们觉得这位英国宪兵在这件事上表现糟糕，无所作为。在过道上，由于没有被骑士风度这类东西分心，他得以有时间思考，而考虑的结果让他跑到隔壁公寓去打了电话。他直接把电话打到我公寓，把我从最深的中段睡眠中吵醒了过来。这就是为什么马丁斯一个小时以后打电话给我的时候，我已然知道了是什么令他如此激动。他觉得我非常有效率，这印象虽说不是我应得的，却对我很是有用。那天晚上我再没从他嘴里听到一句关于警察或警官的刻薄话。

关于警方程序我还有一点需要解释一下。如果国际巡逻队逮捕了某人，他们必须将案犯在宪兵司令部收容二十四小时。在此期间决定哪一国有充分的理由可以得到被扣押人。俄国人最想打破的就是这条规矩，因为我们之中没有几个人能说俄语，于是俄国人几乎就被剥夺了阐述观点的权利（你们不妨试着用自己不怎么会说的语言来就任何题目阐述一下自己的观点——这可不像用那种语言点餐那么容易），我们往往会把俄国人对协定的任何违反都看作是故意且恶意的。我想他们很有可能知道，这条协议只针对存在争议的被扣押人。尽管事实的确是几乎他们每抓一个人都会有争议，但在他们的脑子里却是毫无争议的，而且没有谁比俄罗斯人更自以为正确。俄罗斯人就算在供词里都是自以为正确的——他们会把自己知道的东西一五一十都倒出来，但他们从不为自己申辩，他们根本就不需要任何借口。这一切势必会在人们做决定时施加影响。我于是向斯达林下士给出了指示。

待他返回安娜的房间时，一场争议正在不断升级。安娜告诉美国人她有奥地利的身份文件（这是真的），而且这些文件都很正常（这话就有点多余了）。美国人用拙劣的德语对俄国人说他们没有权利逮捕一名奥地利公民。他要求安娜出示那些文件，等她一拿出来，俄国人一把从她手上抢了过去。

“匈牙利人，”他指着安娜说道，“匈牙利人，”然后又挥动着手中的文件说，“坏，坏。”

那个美国人，他的名字叫奥布莱恩，开口说道：“把文件还给那个姑娘。”俄国人当然听不懂这话。美国人把手放到了枪上，而斯达林下士温和地劝道：“别激动，帕特。”

“如果那些文件有什么不对，我们有权利看一下。”

“别激动，我们可以到了司令部再看。”

“那也得能到得了司令部。你不能相信这些俄国司机，他很有可能会把车开到他们自己的管区里去。”

“再说吧。”斯达林说。

“你们英国人的问题，就是从来不知道何时该表明立场。”

“好吧。”斯达林说。他去过敦刻尔克，但他知道什么时候该安静。

他们带着安娜一起回到车上，她坐在前排两个俄国人中间，已经吓傻了。在开出一小段之后，美国人碰了碰俄国人的肩膀：“走错路了，宪兵司令部是那个方向。”俄国人叽里呱啦回了他一串俄语，做出一个安抚的手势，车子却还在继续开。“看看，我早就说过的。”

奥布莱恩对斯达林说。

“他们要带她去俄管区。”安娜恐惧地睁大了眼睛望着挡风玻璃外面。“别担心，小姑娘，我会把他们都搞定的。”奥布莱恩说，他的手又在自己的手枪周围摆弄起来。斯达林说：“听我说，帕特，这是一件英国的案子，你没必要卷进来。”

“这种游戏你是新手，你不了解这些坏蛋。”

“不值得为此引发一桩事件。”

“基督啊，”奥布莱恩说，“不值得……那个姑娘必须得有人保护。”在我看来，美国人的骑士精神总是会得到小心翼翼的引导——人们仍然在等待美国圣徒亲吻麻风病人的伤口。

司机突然踩下了刹车：前面有个路障。知道吗？我其实早就知道，如果他们不朝内城的宪兵司令部开的话，就只能经过这个哨卡。我把脑袋探进窗子，用他的母语吞吞吐吐地问那个俄国人：“你们在英管区干什么？”

他咕哝了一句“执行命令”。

“谁的命令？让我看看。”我注意到了签名——这是个有用的信息，我说，“这上面叫你们去抓一个匈牙利国民，此人是战犯，住在英国管区，携带着假的身份文件。让我看看那些文件。”

俄国人开始了长长的解释，但我看到那些文件就杵在他口袋里，便一把拽了过来。他伸手去拿枪，我冲着他脸上就是一拳——我真的觉得这么做有点儿不地道，可这就是他们能指望一个愤怒的警官干出来的事，而这一招也让他恢复了理智——这一拳，外加让三个看到的英国士兵朝他的车头灯走来。我说：“这些文件在我看来没什么毛病，不过我会加以调查并将结果送一份报告给你们上校的。当然，他可以在任何时候提出对这位女士的引渡请求，我们所需要的只是有关她犯罪活动的证据。恐怕我们并不把匈牙利人等同于俄国人。”他对着我干瞪眼（我的俄语可能有一半让他听不懂），我接下来对安娜说：“下车。”有俄国人堵着她没法下来，所以我只能先把他拽了下来。然后我把一包香烟塞到他手里，对他说了句“拿去好好抽吧”，随即对其他人挥了挥手，长出了一口气，这事儿就这么算了。

13

在马丁斯跟我说他如何回到安娜家，发现她失踪了的时候，我进行了一番思考。我既不相信鬼故事，也不相信那个长着哈利·莱姆面貌的人是醉汉的幻觉。我拿出两份维也纳地图进行了一番比对。在用一杯威士忌让马丁斯不出声后，我给助手打电话，问他有没有找到哈宾。他说还没有，他知道的是哈宾一周前离开克拉根福来到了相邻的区看望亲戚。人总是想要事必躬亲。人要控制住责骂下属的冲动。我相信换了我绝对不会让哈宾失去掌控，但那样一来我也许会犯下所有我的下属们都会避免的错误。“好吧，”我说，“想办法重新掌控住他。”

“抱歉，长官。”

“没什么，这只是其中一桩事情罢了。”

他那年轻而又充满热情的声音——人们要是还能对一份日复一日的工作感到热情就好了：有多少机会、多少稍纵即逝的好点子都错过了，就因为工作已经变成了只是工作。那充满热情的声音从电话线那头传来：“我说，长官，我忍不住有这样的感觉，我们把谋杀的可能性太轻易就给排除了。有一两个疑点——”

“把它们写到纸上，卡特。”

“是，长官。我想，长官，要是您不介意我这样说的话。”卡特是个非常年轻的小伙子，他继续说道，“我们应该把他给挖出来。并没有十足的证据可以证明他死了——只是其他人这么说而已。”

“我同意，卡特。给我联系奥地利当局。”

马丁斯是对的。我这回真是出了大洋相，不过别忘了，在一所被占城市中开展的警察活动跟在本国领土上的可不一样。所有东西都是不熟悉的：外国同事们所使用的方法、取证的规则，甚至包括审讯的程序。我想我当时有点刚愎自用了。莱姆的死令我大大松了一口气，我对这场意外感到很满意。

我对马丁斯说：“你看过亭子里面了吗，还是说亭子是锁着的？”

“哦，这不是一个书报亭，是那种随处可见的实心铁亭子，上面贴满了海报。”

“你最好带我去那地方。”

“可安娜还好吗？”

“警察盯着那所公寓，他们暂时还不敢再有所企图。”

我不想开着警车在周围闹出太大的动静来，于是我们坐了电车——几辆电车——这儿换那儿换的，最后再步行进入这一区域。我没有穿制服，而且我觉得在经过了针对安娜的失败尝试后，他们未必还敢冒险再派个人来监视了。“这就是那个拐角。”马丁斯边说边领我拐进一条小马路。我们在亭子跟前停了下来。“你瞧，他走到了这后面，然后就这么失踪了——遁入地底了。”马丁斯说。

“那里的确就是他遁入的地方。”我说。

“你这话什么意思？”

普通的过路人永远也不会注意，那亭子其实有一个门，而那人消失的时候这里当然很暗。我拉开门，给马丁斯看了那道通入地下的铁制旋转小楼梯。他说：“上帝啊，看来这真不是我想象出来的！”

“这是通往主下水道的入口之一。”

“谁都能从这儿下去？”

“谁都能。出于某种原因，俄国人反对把这些入口锁起来。”

“我们能走到多远？”

“横穿维也纳。人们以前在空袭的时候用过这里，我们有些犯人在这下面藏了整整两年。逃亡者也用过这里——还有闯空门的。要是熟悉道路的话，你可以从进入口或是这样的小亭子进去，再从城市里几乎任何一个地方出来。奥地利人必须组织专门的警力在这些下水道中巡逻。”我关上了亭子门后说，“你的朋友哈利就是这样消失的。”

“你真的相信那就是哈利？”

“证据显示是如此。”

“那他们埋的又是谁呢？”

“我现在还不知道，不过快了，我们要把他再挖出来。这让我想到了一点，那就是科赫并不是唯一给他们带来不便而遭到谋杀的人。”

马丁斯说：“这真是让人有点震惊。”

“对。”

“你接下来准备怎么做？”

“不知道。向俄国人求助没用，我敢打赌他这会儿准是躲在俄管区里。我们现在没有库尔茨的线索，因为哈宾已经完了——他肯定已经被干掉了，要不然他们也不会策划出假死和葬礼的戏码来。”

“可是有点怪啊，科赫从窗口怎么会没有认出死者的脸来呢？”

“窗口很高，而且我估计他们在把尸体从车子里弄出来之前已经把脸给毁了。”

他沉思着说道：“我真希望能跟他说上话。知道吗？有太多东西我就是无法相信。”

“也许你是唯一能跟他说上话的人。不过这也还是很冒险，毕竟你知道得太多了。”

“我依然无法相信——我也只是在一瞬间看到了脸。我该干什么？”

“他现在不会离开俄管区。也许这就是为什么他要把那姑娘带走——因为他爱她？因为他觉得不安全？不知道。我知道的是，唯一能劝他到这边来的人就是你——或者她——如果他还认为你是他的朋友，不过你得先跟他说上话才行。我看不到有什么线索。”

“我可以去找库尔茨，我有地址。”

我说：“记住，一旦你进了俄管区，莱姆也许会不放你离开，在那儿我可保护不了你。”

“我要把这该死的一切都弄个清楚。不过我可不会当你们的饵，我要跟他谈谈。仅此而已。”

14

星期天为维也纳覆上了一层虚假的平和。风势缓了下来，雪也已经二十四小时没下了。早晨的电车全都被挤得满满腾腾，把人们送往城外的格林津[1]去喝那里未熟的葡萄酒，送往城外那些覆满积雪的小山坡。走过运河上的军用临时桥时，马丁斯感受到了午后的空虚：年轻人都带着雪橇和滑雪板出城去了，身边都是些午餐后昏昏欲睡的老年人。一块告示牌告诉他他正在进入俄管区，但周围并看不出占领的迹象，反倒是在内城还能看到更多俄国士兵。

他故意没有事先告知库尔茨要来拜访。最好打他个措手不及，而不是等他做好准备来招待自己。马丁斯很小心地随身带好了自己所有的文件，包括四个大国共同签署的通行证，封面上写明了他可以在

1 格林津（Grinzing），维也纳森林边的一个小镇。

维也纳各区之间任意行动。运河这边的俄管区出奇地安静，一位爱耸人听闻的记者曾经把这里描绘成一片寂静的恐怖之地，但其实只是因为这里街道更加宽阔，受炮火破坏的程度更严重，人口更少——再加上这是星期天的午后。没什么好害怕的，但尽管走在这般空阔的大街上，听到的只是自己的脚步声，却还是忍不住不时朝身后望上一望。

他没费多大劲就找到了库尔茨住的那栋楼，按下门铃后门很快就开了，是库尔茨本人，仿佛他知道有客人要来拜访似的。

“哦，是你啊，马丁斯先生。”说罢他做了一个令马丁斯有些不解的动作，把手伸向了自己的后脑勺儿。马丁斯刚才一直有些纳闷，为什么他看上去这么不一样，现在他知道了。库尔茨没有戴假发，然而他的头并不秃。他的脑袋非常正常，剪着短发。他说：“要是先打个电话来就更好了。你差点就碰不到我了，我正准备要出门。”

“我能进来坐会儿吗？”

“当然。”

厅里有一个橱柜的门打开着，马丁斯看见里面有库尔茨的外套、雨衣、两三顶软帽，还有像头巾一般静静地挂在木桩上的头套。他说“很高兴看到您的头发长出来了”，然后他在挂在橱门上的镜子里看到库尔茨老脸一红，冒出一丝愤愤的火苗。等他转过身来，库尔茨已经像阴谋家那样换上了一脸笑容，含糊地说道：“这可以给头部保暖。”

“谁的头？”马丁斯问道，因为他突然想到，这个假头套或许在事故发生的那天派到过非常大的用场。“别介意，”他随即又说了下去，因为他这趟可不是冲着库尔茨来的，“我是来见哈利的。”

“哈利？”

“我想跟他谈谈。”

“你疯了吗？”

“我有急事，所以就当我是疯了吧。把我疯了这事跟他提一下。如果你能见到哈利——或是他的鬼魂——告诉他我想跟他谈谈。鬼魂不会怕人的，对吧？肯定应该是人怕鬼魂才对。在接下来的两个小时里我会在普拉特游乐场的大摩天轮旁边等他——如果你能跟死人联系上的话，就赶紧吧。”他又加了一句，“记住，我是哈利的朋友。”

库尔茨没有说话，但在某处，在客厅外的一个房间里，有人清了清喉咙。马丁斯猛地打开了一扇门，他期待着看见死者复生，却只看见温克勒医生从厨灶跟前的一把椅子中站起身来，非常僵硬却又不失规范地向他鞠了一躬，发出那声同样的赛璐珞质地的“咯吱——”。

“温克勒医生。”马丁斯对他招呼道。温克勒医生出现在厨房里有一种特别的违和感，料理台上狼藉地散落着一顿简便午餐的残余，没有洗过的碗碟跟他的洁癖简直格格不入。

“温克勒。”医生用冷酷的耐心纠正他。

马丁斯对库尔茨说：“跟医生说说我的疯病，他说不定能帮我诊断一下。记住那个地点——大摩天轮旁边。还是说鬼魂只有晚上才出来？”说罢他便离开了公寓。

他等了一个小时，在大摩天轮下面的围栏里不停走来走去让身体保持暖和。普拉特游乐园已然被毁，尸骨粗兀地戳在积雪里，此时空荡荡的。有个小摊在卖薄薄的车轮形烤蛋糕，几个孩子拿着奖券在排队。几对谈情说爱的情侣将要挤到摩天轮的同一个车厢里，慢慢地转到城市的上方，身边都是空着的车厢。待车厢转到摩天轮最高处时，摩天轮会停上两三分钟，从下往上望去，会看见头顶高处几张小小的脸紧贴在玻璃上。马丁斯在想不知道待会儿来找他的会是谁。哈利对他还剩下多少友谊，够不够让他来单身赴会，或者会不会突然冒出一队警察来呢？从对安娜·施密特的公寓实施的突击行动来看，他显然是有相当影响力的人物。在他的手表指针过了约定的时间后，他开始想：这会不会是我头脑中臆想出来的？他们这会儿是不是正在中央公墓挖掘哈利的尸体呢？

蛋糕摊后面的某个地方有人正在吹口哨，马丁斯知道这个曲子。他转过身来等待着。他的心怦怦直跳，是恐惧，是兴奋，或者只是被那首曲子勾起的回忆？生活总是会变快，只要有哈利出现，就像他此刻出现一样，仿佛一切都没怎么发生过，没人被埋进坟墓或是被发现在地下室里割断了喉咙。他出现时总是带着那副玩世不恭、对什么都不以为然“要就要不要拉倒”的腔调——而人们当然会吃他这一套。

“哈利。”

“你好，罗洛。”

别把哈利·莱姆想象成一个狡猾精明的恶棍，他不是那样的。我档案中他的照片是拍得很棒的一张：跟踪他的街头摄影师拍到他两条矮壮的腿叉开着，宽阔的肩膀微微耸着，肚子不仅见识过太多的美食也见识了太久，脸上是一副喜滋滋的无赖相，一种亲切和蔼、认定自己快活了会让整个世界都跟着快活的样子。现在他没有犯伸出一只手去的错误，因为那样有可能会遭到拒绝，他只是拍了拍马丁斯的胳膊肘说：“过得怎么样？”

“我们得谈谈，哈利。”

“当然。”

“单独谈。”

“没有比这里更单独的地方了。”

他在哪儿都很懂行，即便是在这个被炸成废墟的游乐场里他都知道门道，给了管摩天轮的女人一点小费，给他们安排了一个单独的车厢。“情侣们以前最喜欢来坐这个，可他们现在没钱了，可怜的家伙们。”他从摇摇摆摆、渐渐上升的车厢中朝窗外看去，望着下面变得越来越小的人们，带着一种貌似真正的悲悯。

在他们的一侧，非常缓慢地，城市在下沉；在他们的另一侧，非常缓慢地，摩天轮那巨大的横梁升入了他们的视野。随着地平线向后延展，多瑙河渐渐看得见了，帝国大桥边的码头也升到了近处房屋的上面。“见到你真好，罗洛。”哈利开了口。

“我去了你的葬礼。”

“我这招很聪明，对吧？”

“对你的妞儿来说不聪明，她也在那儿——流了泪。”

“她是个不错的小家伙，我很喜欢她。”

“警察跟我说了你的事，我不相信他们的话。”

哈利说：“我要是知道后来会发生什么就不会请你来了，可我觉得警察倒也不是在故意找我的茬儿。”

“你是想让我来分一杯羹吗？”

“老伙计，我从来就没有把你排除在任何事情外面——到目前为止。”车厢在朝上转，他背靠着车厢门站着，对罗洛·马丁斯报以微笑。马丁斯还能记得他曾以同样的姿态站在学校院子一个僻静的角落里，对自己说：“我知道一种办法可以晚上溜出去，绝对安全。这办法我只让你一个人知道。”有生以来第一次，罗洛·马丁斯不再带着崇拜的眼光回首往事，他心里想的是：他一直都没有长大。马洛[1]笔下的

1 这里指的应该是英国剧作家克里斯托弗·马洛（Christopher Marlowe，1564—1593），代表作为《浮士德博士的悲剧》，其中的魔鬼形象非常经典。

魔鬼都在尾巴上拴着爆竹：邪恶的化身往往像彼得·潘[1]，它相携而来的是那既令人感到可怕又令人极度讨厌的天赋——永远长不大。

马丁斯开口问道："你有没有去过儿童医院？有没有见过你的受害者们？"

哈利瞥了一眼下面有如玩具般的景物，离开了门边。"我从来也没觉得这些东西有多安全。"说这话的时候他摸了摸车厢门的背面，仿佛在担心它会突然打开，把他抛进铁架构成的空间里去。"受害者？"他反问道，"别耸人听闻了，罗洛。往下看。"他指着窗外在摩天轮底座附近移动的如同黑色苍蝇一般的人们，"要是其中的某个小黑点不再移动了，永远不再移动了，你真的会为之惋惜吗？如果我说下面每个黑点停止移动你能得到两万镑，老伙计，你真的会对我说叫我留着我的钱——而且毫不犹豫吗？还是你会算计一番，看看你能忍心舍弃多少个黑点？不用缴所得税哦，老伙计。不用缴所得税。"他露出那种小孩子阴谋得逞后的微笑，"现如今这才是唯一的拯救之道。"

"你难道不能去搞搞轮胎生意吗？"

"像库勒那样？不，我眼光从来都很高。"

"你已经完了，警方什么都知道了。"

1 这里是指苏格兰小说家及剧作家詹姆斯·马修·巴利（James Matthew Barrie，1860—1937）在其剧作《彼得·潘：不会长大的男孩》中塑造的经典人物形象。

“但他们抓不住我，罗洛，你看吧。我会东山再起，有本事的人是摁不住的。”

车厢转到圆弧的最高点停了下来，哈利转过身朝着窗外凝望。马丁斯在心中忖道，只消猛推一把我就能打破玻璃，然后他想象了一下身体坠落、坠落，穿过那些铁支杆，像一片腐肉般掉落在那些苍蝇中间的画面。他说：“知道吗？警察们正准备要把你的尸体给挖出来。他们会发现什么？”

“哈宾。”哈利毫不掩饰地回答道，他从窗前转过身来又说，“看看这天空。”

车厢已经来到了摩天轮的最高处，悬在那里一动不动，落日的余晖一道道投洒在黑色大梁外那如同揉皱了的纸一般的天空上。

“外国人为什么想要抓走安娜·施密特？”

“她身上有假的身份文件，老伙计。”

“谁告诉他们的？”

“住在这个区里的代价，罗洛，就是效力。我必须时不时地给他们一些小小的情报。”

“我还以为也许是你想把她弄来呢——因为她曾经是你的妞儿？因为你需要她？”

哈利笑了：“我的影响力可没那么大。”

“本来会对她怎么样？”

“没什么大不了的，她会被送回匈牙利。其实并没有什么对她不利的事情。也许在劳动营里待个一年吧，她待在自己国家肯定比在这儿受英国警察的摆布要好。”

“她一点儿都没跟他们说过你的事。”

“她是个不错的小家伙。”哈利带着满足与自豪重复了一遍这句话。

“她爱你。”

“我带给过她一段美好的时光。”

“我爱她。”

“这很好，老伙计，好好待她。她配得上，我很高兴。”他做出一副把所有事情都安排得让所有人满意的样子，“而且你能帮忙让她把嘴闭上，不过这倒也不是说她知道什么至关重要的事情。”

“我真想把你从窗子一拳打出去。”

“可你不会的，老伙计。我们俩吵架总也吵不长，还记得我们在摩纳哥那次可怕的争吵吗？当时我们俩发誓要一刀两断。我到哪儿都会信任你，罗洛。库尔茨劝我别来，不过我了解你。然后他又试图说服我安排一场意外，他跟我说在摩天轮的车厢里这很容易办到。”

“只不过我是更强壮的那个。”

“不过我有枪，你不会以为等你摔到地面上之后一处枪伤还看得出来吧？”车厢重新又动了起来，慢慢向下运行，直到苍蝇变成侏

儒，再变成能辨认的一个个人，“我们多傻啊，罗洛，说这种话，弄得好像我会对你做那种事——或者你会对我做那样的事。”他转过身去，把脸贴到了玻璃上，只要一推……“你写那些西部小说一年能挣多少钱，老伙计？”

“一千镑。”

“还得缴税。我挣三万不用缴税，都在这么干。这些日子，老伙计，没有人会动不动就想着全人类的。政府都不这么想，我们为什么要这么想？他们说的是人民和无产阶级，我说的是那些活该受骗的人。这是一回事。他们有他们的五年计划，我也有我的。”

“你以前可是个天主教徒。”

“哦，我现在也还信呢，老伙计。信上帝啊慈悲啊那一套东西。我所做的事情没有伤害任何人的灵魂，这些人的死对他们来说都是超脱。离开这个世界并不会让他们错过多少东西，这些可怜的家伙。”他说这话的时候带着那种奇怪的悲天悯人的语气。这时，车厢抵达了下面的平台，那些注定要成为牺牲品的脸庞，那些倦怠的、希望享乐的、星期天的脸庞，隔着玻璃向里看着他们。“我可以让你分一杯羹，你知道的。你是很有用的，我现在在内城没有人了。”

“除了库勒，还有温克勒？”

“你可不能倒到警察那边去，老伙计。”他们走出车厢，他再次把手搭到了马丁斯的胳膊肘上，“跟你开个玩笑，我知道你不会的。

最近跟老布雷瑟尔有什么联系吗？”

“圣诞节收到过他一张卡。”

“那时候真好啊，老伙计，那时候真好。我得跟你分手了，我们后会有期。如果遇到麻烦，你永远能通过库尔茨找到我。”他走开去几步，然后微微转过身，挥了挥他那只很有先见之明的没有朝马丁斯伸出来的手：就仿佛全部的往昔都随着一朵浮云而飘散了。马丁斯突然对着他的背影喊道：“别相信我，哈利。”但此时他们俩之间的距离已经太大了，大到这句话已经追不上了。

15

“安娜在剧院，”马丁斯告诉我，“参加周日午场的演出。我不得不把整部无聊乏味的喜剧从头到尾看了第二遍，讲的是个人到中年的作曲家、一个迷恋上了他的小姑娘和一个善解人意的（多么可怕的善解人意啊）妻子。安娜演得很糟糕——即便在状态最好的时候她也算不得好演员。我在散戏后去她化妆间见她，可她见了我大惊小怪的。我想她是以为我要对她做出什么非礼的举动，她不想有人对她无礼。我跟她说哈利还活着——我以为她会高兴，而我看见她如此高兴会很不是滋味，但她坐在化妆镜前，一任泪水滑落，在油彩上划出一道道沟壑。事后我希望她当时是高兴的。她的样子看上去那么不好，而我是爱她的。接着我跟她讲了我和哈利的见面，但她并没怎么专心听，在我讲完后她说了句：‘我希望他死

了。’

“‘他的确该死。’我说。

“‘我是说那样他就安全了——没人能伤害得到他了。’”

我问马丁斯：“你给她看我给你的那些照片了吗——孩子们的照片？”

“看了。我想，这次该有个了结了。她必须得把哈利从她的世界中清除出去。我把照片靠在那些装油彩的瓶子上，她没法不看见。我说：‘警方没法儿逮捕哈利，除非能把他弄到这个区来，我们必须得帮忙。’

“她说：‘我还以为他是你朋友呢。’我说：‘他以前是我朋友。’她说：‘我永远不会帮你去抓哈利的。我不想再见到他，我不想再听到他的声音。我不想被他碰，但也不想做伤害他的事情。’

“我感到愤愤不平——不知道这是为什么，因为毕竟我什么也没为她做过，就连哈利为她做过的事都比我多。我说：‘你还需要他。’仿佛我是在指控她犯下了某样罪行。她说：‘我不需要他，但他就在我身上。这是一个事实——不像友谊。这么说吧，每次我做关于性的梦，那个男人总是他。’”

马丁斯有点犹豫，我为了鼓励他问了句：“没了？”

“哦，后来我就起身离开她了。现在轮到你跟我说说了，想要我干什么？”

“我想要快速行动。知道吗？躺在棺材里的是哈宾的尸体，所以我们马上就可以逮捕温克勒和库勒。库尔茨我们暂时还动不了他，那个司机也是。我们会递一份要求俄国人允许我们逮捕库尔茨和莱姆的正式请求上去，这会让我们的案卷干干净净，无可挑剔。如果我们要拿你当饵的话，那你的口信必须马上传递到莱姆那里——而不是等你在这个区逛上二十四小时之后。叫我来看，你几乎一回到内城就被带到这儿接受盘问，于是你从我这里听说了哈宾的事，你前后一想弄明白了真相便跑去警告库勒。我们会让库勒漏网是为了更大的猎物——我们没有证据能证明他卷入了盘尼西林的黑市生意。他会逃进第二区找到库尔茨，莱姆会知道你玩儿了把戏。三小时后你送出口信说警方正在追你：你躲藏起来了，必须要见他一面。”

“他不会来的。”

“我不是这么肯定。我们会小心选择你藏身的地点——让他觉得最没有风险的地方。这值得一试。能把你捞出去对他的骄傲和他的幽默感会很有吸引力，再说这样也能封了你的口。”

马丁斯说：“他从来也没有把我捞出去过——在学校那会儿。”显然他是在认真回顾往事之后得出了结论。

“这并不是什么太了不起的麻烦，而且也不用担心你告密。”

他说：“我跟哈利说了不要信任我，但他没听见。”

“那你答应了吗？”

他把那些小孩子的照片还给了我，它们躺在我的桌子上。我看见他久久地盯了一眼这些照片。“是的，”他说，“我答应了。”

16

最初的安排都是按照计划进行的。我们推迟了逮捕温克勒，他又从第二区回来了，直到库勒接到了警告。马丁斯很享受他跟库勒的短暂会面。库勒不仅毫无尴尬地跟他打了招呼，反而还带着不少施惠者的腔调：“哦，马丁斯先生，很高兴见到您。请坐。我很高兴您和卡洛韦上校之间一切都进展顺利。很直率的一个人，卡洛韦。”

“不顺利。”

“对于我让他知道你见过科赫，我敢肯定你不会有任何误解吧。我当时是这么想的——如果你是无辜的，那你马上就能自证清白，而要是你有罪，那么我对你颇有好感这一事实也不应当成为一种阻碍。公民自有其应尽的义务。”

“比如在验尸调查中做伪证。”

库勒说："哦，这都是过去好久的事了。恐怕你还在生我的气吧，马丁斯先生。这事儿你得这么看——作为一个公民，你是有所效忠的——"

"警方已经把尸体给挖出来了。他们就要来抓你和温克勒了，我要你向哈利发出警告……"

"我不明白。"

"哦，不，你明白。"而且他也很明显明白了。马丁斯掉头就离他而去了，他一刻也不想再看那张和善的慈善家般的脸了。

直到这时才算给陷阱里设下了诱饵。在研究了下水道系统的地图后我得出结论，一家咖啡馆，只要靠近和其他一样布置成广告亭的大下水道主入口，就是最有可能把莱姆引来的地点。他只要再一次从地底下冒出来，走上五十码，把马丁斯带回来，然后再次遁入混沌的下水道世界就行了。他一点都不知道这种隐遁术已经被我们获悉了：他或许知道下水道警队有一次巡逻会在午夜前结束，而下一次要到两点才开始，因此在午夜的时候马丁斯坐在那个又小又冷、能看得见广告亭的咖啡馆里，一杯接一杯地喝着咖啡。我借给他一支左轮手枪；我派人埋伏在尽可能靠近广告亭的地方，而下水道警队也已经做好了准备，等零点一敲过就会封闭进人孔，然后开始从城市边缘向中心拉网排查。但我的意图——如果能做到的话——是不等他钻回地下就抓住他。这样能省去不少麻烦——也降低马丁斯的风险。于是，如我所说，马丁斯坐在了咖啡馆里。

风又刮了起来，不过倒是没把雪给带来。它冰冷冷地离了多瑙河而来，在咖啡馆边上长满草的小方空地上，把雪像波浪顶端的浪花般扬起。咖啡馆里没有暖气，马丁斯坐在那里，双手依次在一杯——其实已数不清第几杯了——代用咖啡上取着暖。通常我有一个手下在咖啡馆里陪他，但我每隔二十分钟左右会看不出规律地派人进去替换他们。一个多小时过去了。马丁斯早就放弃了希望，我也是。我等在隔了几条街的一部电话旁边，身边有一队下水道警察在有需要的时候随时准备钻入地面。我们要比马丁斯幸运，因为我们暖暖和和地穿着遮到大腿的靴子和紧身短大衣。有一个人在胸口绑了个汽车头灯一半大小的小探照灯，另一个人带了两根罗马焰火筒。电话铃响了，是马丁斯打来的。他说："我已经冻得奄奄一息了。现在都一点一刻了，再等下去还有什么意义吗？"

"你不该打电话，你必须留在视线中。"

"这种脏兮兮的咖啡我都已经喝了七杯了，再喝我的胃就受不了了。"

"他要是来的话就不能再拖下去了。他不会想碰到两点那班巡逻的。再坚持一刻钟，不过别再碰电话了。"

这时，只听马丁斯突然说道："基督啊，他来了！他——"接着电话就断了。我对助手说："发信号守住所有的进人孔，"然后又对下水道警队说，“我们下去。”

当时发生的事情是这样的。马丁斯正在给我打电话的时候，哈利·莱姆突然走进了咖啡馆。如果他听到过什么的话，我也不知道他听到了哪些。不过光是看到一个在维也纳被警察通缉而又没有朋友的人在打电话，应该就足以对他构成警告了。还不等马丁斯放下听筒，他就扭头走出了咖啡馆。说来也巧，那会儿正好咖啡馆里没有我的人。一个刚走，另一个在人行道上刚要进去，哈利·莱姆和他擦身而过往小亭子走去。马丁斯从咖啡馆里出来，看到了我的人。如果他大声喊出来，事情就变得容易了，不过我想当时那人不是做盘尼西林黑市生意，正要往街下面逃的莱姆；当时那人是哈利。马丁斯犹豫了一下，这点时间正好够莱姆走到了亭子后面。然后他才喊了出来：“是他！”可莱姆已经遁入地下了。

在我们的脚下，躺着一个不为我们大多数人所知的多么陌生的世界啊：我们生活的世界之下是一片有着瀑布和奔腾河流的洞穴之地，那里也和地面上的世界一样，有着潮涨潮落。如果你读过艾伦·夸特曼[1]的冒险经历，尤其是他沿着通往米洛西斯城的地下河的那段旅程，你就能想象出莱姆这片最后的根据地了。宽度有泰晤士河一半的主下水道水流在一个巨大的圆拱中奔淌，许多小支流汇入其中，这些

1 英国作家亨利·赖德·哈格德（H.Rider Haggard，1856—1925）所作经典文学名著《所罗门王的宝藏》中的主人公。

小支流是从高处如瀑布般跌落的，在跌落的过程中得到了净化，因此只有在位于旁支的隧道中才能闻到异味。下水道的主流闻起来甘甜清新，带着一缕淡淡的臭氧味道。黑暗之中，到处都是水流泻落与奔流的声响。马丁斯和那个警察来到地下河流的时候正是最高潮位刚刚过去：开始只露出铁楼梯的弧形，然后是短短的一段楼梯，低到必须弯腰才能通行，再然后浅浅的水的边缘只没过双脚了。我的手下用手电筒沿着水流的边缘照去说“他朝那儿跑了”，就像一股较深的支流在变浅的时候会在边缘留下一堆垃圾，污水会在墙边平静的水面上留下一层由橘子皮、香烟盒之类的东西构成的浮渣，而莱姆在这层浮渣中所留下的痕迹就像泥潭中的足印般确凿无误。我的手下用左手拿着手电筒照亮前方，右手则拿着枪。他对马丁斯吩咐道：“躲在我身后，先生，那个杂种也许会开枪。”

“那为什么你又该站在前面呢？”

“这是我的工作，先生。”走着走着，水已经没过了他们一半的小腿，那个警察用手电筒照着前下方污水边缘那被扰动过的痕迹。他说：“可笑的是那个杂种根本就没有任何机会。所有的进人孔都有人守着，而且我们已经封锁了进入俄管区的道路。所有我们的人现在要做的就是从进人孔进到下水道的支流管道中去拉网搜捕。”他从口袋里拿出一只哨子吹了吹，从很远的地方，时而这里，时而那里，传来了回复的哨音。他说：“他们已经都下来了，我是说下水道警队。他们熟悉这地方就像我熟悉托特纳姆法院路一样。真希望我老婆现在能看到我。”他边说边扬起手电朝前方照了照，只照了一下，可就在这一下的时候有一枪突然打了过来。手电筒从他的手里飞了出去，掉落在了支流的污水里。只听他骂了一句：“这个该死的杂种！”

“你受伤了吗？”

“只是从我手上擦过，休息一个礼拜。来，拿着，先生，这儿是另一把手电筒，我把手包扎一下。别朝上照，他在某一条支流的通道里。”有好长一段时间那声枪响一直在不停回响：待到最后一丝回声消退净尽，一声哨音在前方响起，马丁斯的伙伴以哨音做了回复。

马丁斯说：“说来也怪——我甚至还不知道你的名字呢。”

“贝茨，先生。”他在黑暗中发出一声低笑，“这不是我通常的节拍。你知道马蹄铁乐队吗，先生？”

“知道。”

“那格拉夫顿公爵呢？”

“知道。”

“世上的节拍可多着呢。”

马丁斯说：“让我走在前面吧。我觉得他不会朝我开枪的，我想跟他说话。”

“我得到过命令要照顾好您，先生。当心。”

“没事儿。”他从旁边绕到贝茨前面，走的时候一脚踏进了支流中一处更深的地方。等他来到前面后喊道：“哈利。”名字顿时激起一片回声。“哈利，哈利，哈利！”回声顺着支流一路传向远方，在黑暗中激起了一片哨音的合鸣。他又喊道：“哈利，出来吧，没用的。”

一个近得让人大吃一惊的声音兀然响起，两人不由得马上贴住了墙。“是你吗，老伙计？想要我干什么？”

“出来吧，双手举过头顶。”

“我没有手电筒，老伙计，我什么都看不见。”

“当心，先生。”贝茨说。

“贴紧墙。他不会朝我开枪的。”马丁斯说完对着前方喊道，“哈利，我要用手电筒照了。规规矩矩地，出来吧，你没有机会的。”他打开手电，二十英尺外，在光线和水的边缘，哈利步入了视线。“双手举过头顶，哈利。”哈利抬起手来开了枪，子弹弹在离马丁斯的脑袋只有一英尺远的墙面上，他听见贝茨喊了起来。与此同时，一道探照灯光从五十码外射来，照亮了整个隧道，罩住了哈利，然后是马丁斯，然后是跌倒在水边、被污水冲刷着腰部的贝茨那双瞪得大大的眼睛。一个空烟盒被水流推送着挤进他的腋窝，逗留在了那里。我带着一队人马赶到了现场。

马丁斯颤抖着站在那里，俯对着贝茨的身体，哈利·莱姆在我们中间。我们不能开枪，怕伤到马丁斯，探照灯的光晃了莱姆的眼睛。

我们慢慢向前走，手里的枪瞄准着寻找着机会。莱姆一会儿转向这边，一会儿转向那边，像只被车头灯晃了眼的兔子。突然，他猛地纵身一跃，跳入了奔腾的支流中间的深水里。等我们把探照灯紧跟着他照过去时，他已经潜入了水中。奔腾的污水迅速地带着他前行，经过了贝茨的身体，游出了探照灯的范围，进入了黑暗中。为什么一个毫无希望的人连这只多几分钟的生存都不肯放过呢？这算是一种好品质还是坏品质呢？我想不出来。

马丁斯站在探照灯光的外沿，怔怔地望着下游。此时他已经把枪握在了手上，是我们之中唯一可以安全开枪的人。我以为我看到他要有所动作，于是对他喊道："那儿，那儿，开枪。"他举起枪来放了一枪，就像他许多年前在布里克沃斯公地听到同样的命令后开了枪一样，也像当时一样，没有完全命中。一记痛苦的叫声宛如裂帛般从洞穴远处传来：带着责备，带着乞求。"干得好。"我喊了一句，然后在贝茨的身边停了下来。他已经死了。我们把探照灯转到他身上时，他的眼睛依旧空洞地睁开着。有人弯下身来，把空烟盒拿开，扔进了河水里，烟盒打着转向前漂去——这是一个黄色的金片牌香烟盒的残片：他当然离开托特纳姆法院路已经有很远了。

我抬眼望去，马丁斯已经走出视线，消失在了黑暗中。我喊他的名字，喊声消失在了一片混沌的回声中，消失在了地下河的奔腾与咆哮中。随后我听到了第三声枪响。

马丁斯后来告诉我：“我顺着水流走下去寻找哈利，但肯定在黑暗之中和他错过了。我不敢抬起手电筒，我不想引他再朝我开枪。他肯定是在某个支流通道的入口处被我的子弹给打到了。然后我想他沿着通道一路爬到了铁楼梯的脚下。在他头顶三十英尺的地方就是进人孔，不过他不会有力气掀开盖子的，就算掀开了警察也正在上面等着他。这些他肯定都知道，但他处于极大的痛苦中，就像动物要爬到暗处去死那样，我想人都是要向着光明去的。他想死在家里，而黑暗从来都不是我们的家。他开始拖着自己朝楼梯上爬去，但痛苦战胜了他，他再也走不动了。是什么让他吹起了那几句荒唐的调子，就是我曾经傻到以为是他自己写的那个调子？他是想吸引我的注意吗？他是想有朋友在身边，哪怕是一个给他设下陷阱的朋友？还是他已经意识不清了，或者根本就没有任何目的？不管怎样我听到他的口哨，又顺着支流的边沿走了回来，摸到墙的尽头，然后顺着通道一路来到他躺着的地方。我喊了声‘哈利’，口哨声停了，就在我头顶。我把手放到铁栏杆上，一步步朝上走去。我还是有些担心他会开枪。然后，只朝上走了三步，我的脚就踩到了他的手，他就在那里。我把手电筒朝他照去：他没有枪，肯定是在我的子弹击中他的时候掉了。我刚开始以为他死了，但随后就听到他痛苦的啜泣。我喊了声‘哈利’，他用力睁开眼看着我的脸，想说话。我弯下腰来细听。‘傻瓜’，他说——就此为止了。我不知道他是在说他自己——作为某种悔罪，无论多么微不足道（他是个天主教徒），或者是在说我——笑我那一千英镑一年还要缴税的收入，笑我虽然能想象出纵马奔驰的盗牛贼，却连一只兔子也打不中？接着他又开始呜咽起来。我再也听不下去了，就朝他开了一枪。”

“我们会忘记这一点的。”我说。

马丁斯说：“我永远也不会忘的。”

17

那天晚上天气变暖，维也纳各处积雪消融，丑陋的废墟又重见了天日。建筑中的钢筋像钟乳石般悬着，生了锈的屋梁像骨骼一般戳破了灰色的烂泥。下葬变得容易多了，不像一个星期之前还得用到电钻才能打开冰冻的地面。哈利·莱姆接受自己的第二场葬礼时，天气已经暖得和春天差不多了。我很高兴能再次将他送入地下，不过却搭进去了两个男人的命。墓地边围着的人变少了：库尔茨不在，温克勒也不在——只有那个姑娘、罗洛·马丁斯和我。谁都没有流眼泪。

葬礼结束后，姑娘径自走了，一句话都没跟我俩说。她沿着通往墓地大门和电车站的长长的林荫道一路走远，在融雪中留下一串啪嗒啪嗒的脚步声。我对马丁斯说："我有车，要载你一段吗？"

"不用了。"他说，"我坐电车回去。"

“你赢了，你证明了我是个大傻瓜。”

“我没赢，”他说，“我输了。”我看着他大步流星地甩开大长腿朝着那姑娘追去。他追上了姑娘，两人肩并肩地走着。我觉得他一句话也没跟姑娘说：这就像是一个故事的结尾，只是在他们走出我的视线之前她的手挽上了他的胳膊——这通常是故事的开始。他枪法很烂，看人又不准，但他对西部小说（神奇的营造紧张能力）和对姑娘（我不知道是什么）的确有一套。还有克拉宾？哦，克拉宾依然在跟英国文化委员会为了德克斯特的费用问题而吵着呢。他们说他们不可能批准在斯德哥尔摩和维也纳同时产生的费用，可怜的克拉宾。其实仔细想一想，我们全都挺可怜的。

堕落的偶像

前言

和《第三人》不同，《堕落的偶像》不是为电影而写的。这只是我更喜欢它的许多原因之一。这个作品在1935年以《地下室房间》的名字出版，是我乘坐一艘货轮从利比里亚返家时为了排遣旅途的无聊而构思的。对于印在这里的原作故事来说，《堕落的偶像》当然是一个毫无意义的名字，即便是对电影来说，这个名字也让我联想起约翰·柯里尔[1]那些关于社会问题的画作。这个名字是发行公司给起的。

后来，卡罗尔·里德跟我提议，说可以合作把《地下室房间》拍成电影。我颇感意外，因为我觉得这个主题是没法拍成电影的——一桩由最具同情心的角色犯下的谋杀和一个并非大团圆的结局肯定会让现如今每部电影约二十五万镑的投资有收不回来的风险。

1 约翰·柯里尔（John Collier，1850—1934），英国画家、作家。

不过我们还是继续推进了，在其后进行的多次会议上故事悄然发生了改变，于是主题不再是讲一个小男孩不知不觉地向警方出卖了自己最好的朋友，而是讲一个小男孩以为自己的朋友杀了人，他撒谎替他遮掩，却差点让他遭到警方的逮捕。我觉得这——尤其经过里德的处理——会是一个很好的故事，但是读者如果发现这讲的已经不是原来那个故事了，请务必不要感到惊讶。

为什么把场景改成了使馆？这是里德的点子，因为我们都觉得伦敦上流住宅区的大宅在我们所处的战后岁月里已经具有了时代的特征，而我们并不是要拍时代剧。我对于他的解决方案纠结了一会儿，随后便全盘接受了。

要记起原作故事中哪处改动是谁做的总是一件难事——只有几处细节除外。比如，把对女孩的盘问改在女孩和贝恩斯用过的床边进行是我的点子，跑来给钟上发条的男人那句巧妙的插话是里德的点子。蛇是我的点子（我一直都喜欢蛇），而里德刚开始的时候还曾出于同情对此表示反对。

对于这两部电影我有一点是完全肯定的，那就是它们之所以能取得成功，完全是因为卡罗尔·里德，他是我唯一认识具有人类同情心所特有的温暖的导演，对于在合适的部分用合适的脸他有着非同一般的感觉，他在剪辑上异常精准，另外同样重要的一点是，他会对作者的担忧感同身受，并懂得如何加以引导。

01

待前门在他们身后关上，管家贝恩斯回身走进漆黑庄重的大厅后，菲利普真正开始了自己的生活。他站在儿童房的门前侧耳倾听，一直听到出租车的引擎声顺着街道渐渐远去听不见了为止。他的父母出门去度为期两周的假，他此时处于“保姆空窗期”：前一个被解雇了，后一个还没到。这所伦敦上流住宅区的大宅子里就剩了他、贝恩斯和贝恩斯太太。

他想去哪儿就能去哪儿，甚至穿过那道绿呢门进入餐具室或是顺着楼梯一路向下进入地下室的客厅。他觉得他像是自己家里的一个陌生人，因为他可以进入任何一个房间，而所有的房间都是空的。

你只能猜测谁曾经占据过这些房间：吸烟室里摆在象牙旁边架子上的那些烟斗、木雕的烟草罐；卧室里那些粉色的帷幔，淡淡的香水味和贝恩斯太太没来得及收拾的那些用了四分之三的乳霜；客厅那架永远没打开过的钢琴上那锃亮的釉彩，那只瓷钟，那些样子傻乎乎的小桌子和银器。不过贝恩斯太太已经在这儿忙活了：拉下窗帘，用防尘罩把椅子罩上。

“从这儿出去，菲利普少爷。”她一边用她那双令人讨厌的、怒气冲冲的眼睛望着他，一边四下里走动着，把所有东西都归置好，做得细致却毫无感情，纯粹只是在尽责。

菲利普·雷恩走下楼梯，推开那扇绿呢门，朝餐具室里看了看，不过贝恩斯不在里面。然后他第一次踏上了通往地下室的楼梯。他再一次感觉到：这才是生活。他全部七年的幼年岁月被这种陌生的、崭新的体验激荡着。他那拥挤忙碌的大脑像一个城市感受到大地因远处的地震冲击而颤抖。他有些忧虑，却又比以往任何时候都要开心。一切都比以前更重要了。

贝恩斯正穿着衬衫在看报，见他进来了就说：“来吧，菲尔，请自便。稍等一会儿，我马上就来招待您。”说着，他来到一个白色的、擦得干干净净的橱柜前，从里面拿出一瓶姜汁啤酒和半只水果杏仁蛋糕。“上午十一点半了，”贝恩斯说，“营业时间到了，孩子。”他切了蛋糕，又倒了姜汁汽水。此时的他比菲利普以往所认识的都要更和善，更放松，是一个在自己家里的男人。

“要我去叫贝恩斯太太吗？”菲利普问，而听到贝恩斯说不用的时候他很高兴。她很忙。她喜欢忙，所以为什么要去打搅她的乐趣呢？

“十一点半的时候喝上一小杯，”贝恩斯说着给自己也倒了一杯姜汁啤酒，“让人吃起肉排来胃口大开，对什么样的人都没坏处。”

“肉排？”菲利普问。

“以前非洲西海岸人的说法，”贝恩斯说，“切成块儿的都叫肉排。”

“但其实不是？”

“怎么说呢？可以是，你知道的吧，用棕榈油煎一下，然后再加点番木瓜。”

菲利普透过地下室的窗子看着外面干石砌的院子、垃圾桶和栏杆外走上走下的腿。

“那儿热吗？”

“啊，你从来没感觉过的热。不是让人舒服的热，就像你在今天这样一个日子在公园里感受到的那种。是湿热。”贝恩斯说，“让东西腐败的热。”他给自己切了一片蛋糕，“腐烂的味道。”他一边说一边环视着这个小小的地下室房间，从干净的橱柜到干净的橱柜，荒芜的感觉，无处隐藏一个人的秘密。带着一种对失去了某样东西的怅惘，他长长地喝了一口姜汁啤酒。

“为什么父亲要到外面去住？”

“那是他的工作，”贝恩斯说，“就像现在这是我的工作一样。

我以前也有工作，那才是一份像样的工作。现在你都不会相信了，曾经有四十个黑人在我手底下，我叫他们干什么他们就干什么。”

“那你为什么要离开呢？”

“我跟贝恩斯太太结婚了。”

菲利普手里拿着那片水果杏仁蛋糕，一边吧唧吧唧地吃着，一边在房间里四下转悠。他觉得自己很大了，既独立又有判断力，而且他意识到贝恩斯是用男人跟男人的说话方式在跟自己说话。他从来不像贝恩斯太太那样管自己叫菲利普少爷，贝恩斯太太在不下命令的时候会有点卑躬屈膝。

贝恩斯见过世面，他见到过比栏杆远的地方，见到过比那些打字员疲惫的腿远的地方，见到过维多利亚车站附近的皮姆利科购物街。他坐在那里喝着姜汁啤酒，带着一种流放者顺天知命的尊严。贝恩斯不抱怨，他选择了自己的命运。如果贝恩斯太太就是他的命运，那他只能怨他自己。

但今天，因为房子几乎空了，因为贝恩斯太太在楼上，因为没有别的事情好做，他放任自己小小地犯了点酸。

“要是有机会的话我明天就想回去。”

“你朝黑人开过枪吗？”

“我从来没有开枪的必要。”贝恩斯说，“当然我身上带着枪。但你没必要对他们不好，这只会让他们变傻。”他有些尴尬地低下头对着姜汁啤酒，露出头上稀疏的灰发，“那帮该死的黑鬼当中，有几个还挺让我喜欢的。我忍不住会喜欢他们。他们会手拉着手一起开怀大笑。他们喜欢互相拉拉扯扯，知道自己身边有个人会让他们感到高兴。这其中的意思我们是不懂的。两个人会整天走到哪儿都拉着手，两个大人。不过这不是爱，其中的意思我们无法理解。”

“正餐中间还吃东西，”贝恩斯太太说，“您母亲会怎么说，菲利普少爷？”

只见她顺着陡峭的楼梯来到地下室，手里捧满一罐罐乳霜、软膏，一管管这个油那个奶的。“你不应该鼓励他，贝恩斯。”她坐到一把柳条扶手椅里，眯起小而没好气的双眼，看着科蒂唇膏、旁氏面霜、莱希娜的口红、塞可莱思的散粉和伊丽莎白·雅顿的紧肤水。

她把这些一样一样地扔进了废纸篓，只把冷霜给留下了。“跟孩子讲讲故事吧，”她说，“到儿童房去，菲利普，我去弄午餐。”

菲利普沿着楼梯来到绿呢门跟前。他听到了贝恩斯太太那仿佛来自一场恶梦中的声音，在那种噩梦里小小的普莱斯节能灯在圆形灯罩下摇曳闪烁，窗帘无风自动。贝恩斯太太的声音尖锐刺耳，充满着恶意，超出了正常说话该有的响度，那么赤裸裸。

“讨厌死你那一套了，贝恩斯，宠孩子。该在房子里干干活儿了。”但菲利普听不到贝恩斯的回答。他推开绿呢门走了进去，穿着灰色法兰绒短裤的他活像一只生活在土里的小动物，走进泻满镶木地板的阳光，走进镜子明晃晃的闪光里，那些镜子都由贝恩斯太太掸过尘，擦过，用心收拾过。

楼下传来什么东西打碎的声音，菲利普怏怏地走出餐具室，上楼来到了儿童房。他同情贝恩斯，心中不禁想到若是贝恩斯太太有事离开的话，他们俩住在这所空房子里会有多开心。他不想玩自己的米卡诺钢铁组合玩具，也不想把火车或是士兵拿出来。他双手托腮坐在桌边：这就是生活啊。突然，他觉得自己应当对贝恩斯负责，仿佛他是这所房子的主人，而贝恩斯是值得他照料的一位老仆。他并没有什么好做的，便决定至少要乖一点。

午餐的时候贝恩斯太太又变得和蔼亲切了，对此他并不感到意外。现在她说的是“再来份肉吧，菲利普少爷”或是“菲利普少爷，再来点美味布丁吧”。这的确是他喜欢的布丁，有着完美蛋白酥皮的女王布丁，可他不想再吃第二份：那会让她觉得是一种胜利。她是那种以为任何不公正的事都可以用一点好吃的东西来抵消的女人。

她是个尖酸的人，却喜欢做甜的东西。家里永远也不会抱怨说没果酱或蜜饯什么的。她自己也吃得很好，会往蛋白酥皮和草莓酱里加绵白糖。在她撒糖的时候，从地下室窗口里照进来的光线中可以看到尘埃的微粒在她浅色的头发上方飘动，而贝恩斯只顾对着盘子吃，什么话也不说。

菲利普再次感到了责任。贝恩斯一直在盼着呢，贝恩斯感到失望了：所有的事情都快要搞砸了。菲利普对那种深刻的失望之情感同身受。因为对爱或嫉妒或激情一无所知，所以这便是他最为了解的痛楚了：期盼着的却没有发生，承诺过的却没有兑现，原本兴致高昂却变得意兴阑珊。“贝恩斯，”他开口道，“下午带我去散步好吗？”

“不行，”贝恩斯太太不等丈夫开口便阻挠道，“不行，他不能去。所有的银器都还等着人擦呢。”

“急什么？有整整两个星期的时间呢。”贝恩斯说。

“先工作后享乐。”贝恩斯太太说着又吃了一口蛋白酥皮。

贝恩斯突然放下勺子和叉子，把碟子从自己面前推开。“真该死！”他愤愤道。

“控制脾气，”贝恩斯太太柔声说道，“控制脾气。别再打碎点别的什么了，贝恩斯，我不会让你在孩子面前爆粗口的。菲利普少爷，您要是吃完了就可以下桌去了。”她边说边把布丁上面最后的一点蛋白酥皮给剥下来吃掉了。

“我想出去散步。”菲利普说。

“您好好歇着吧。”

“我要出去散步。”

“菲利普少爷。”贝恩斯太太放下没吃完的酥皮从餐桌边站起身来，走到他跟前，地下室的房间里升腾起一层薄薄的带着威胁意味与灰尘味的气息。“菲利普少爷，叫你干吗就干吗。”她抓起他的胳膊轻轻地捏了捏。望着他的时候，一种毫无欢乐的热情在她的眼睛里一闪而过，在她头顶，那些打字员们的脚经过午饭间歇后重又拖着疲惫的步伐回到位于维多利亚车站附近的办公室来了。

“我为什么不能出去散步？”但他说话的口气已经变弱了。他感到害怕，并为自己害怕而感到羞耻。这就是生活。一种陌生的、他所不能理解的激烈情绪在地下室的房间内流转。他看见一小堆碎玻璃被扫到了废纸篓旁边的角落里。他望向贝恩斯寻求帮助，却遭遇到充满仇恨的眼神，一种被困在栏杆后面的悲伤而又绝望的仇恨。

“我为什么不能？”他喃喃地重复道。

“菲利普少爷，”贝恩斯太太说，“您必须得听话，让您干什么就干什么。您可别以为您父亲不在家了，就没人能——”

“你才不敢呢。”菲利普喊了起来，却被贝恩斯低低的感叹给惊到了：

“这世上没有她不敢的东西。”

“我恨你。”菲利普一边对贝恩斯太太说着，一边把胳膊从她的掌握中抽出来朝门口跑去，但她抢在他前面堵住了门。虽然上了年纪，但她行动相当敏捷。

“菲利普少爷，您必须得道歉。”她挡在门前面，浑身激动得打战，“要是您父亲听到您说的话，他会怎么做？”

她伸出一只手来要抓菲利普，她的手因为经常接触苏打粉变得又白又干，指甲剪得很秃，但他后退着躲开，闪到了桌子后面。突然，他吃惊地发现她脸上又挂起了微笑，刚才还是那么一副傲慢的样子，这会儿重新又变回到卑躬屈膝。“随您去吧，菲利普少爷，”她高高兴兴地说道，“我看等您父亲和母亲回来的时候我自己的事儿还忙不过来呢。”

她让出了门口，在他从身边经过的时候她假意地拍了拍他的脸颊：“今天我有太多的事情要忙，就不跟你烦了。那些椅子还有一大半没罩罩子呢。”菲利普一想到她在沙发间穿来绕去罩防尘罩的样子，突然间觉得甚至连整个房子的上半部分都变得令他无法忍受了。

于是他没有上楼去拿帽子，而是径自穿过明晃晃的客厅来到了大街上。他一路东看看，西看看，觉得这才是生活呢。

02

吸引菲利普注意的是窗内放在装饰纸垫上的粉色蛋糕、火腿、放在平板上的淡紫色香肠，还有几只像鱼雷一般在窗框上飞过来飞过去的黄蜂。他的双脚在人行道上走累了。他不大敢穿马路，于是只能先往一头走，然后再折向另一头。他现在已经快到家了。广场就在路的尽头。这里是皮姆利科一个相对破败的角落，为了看那些糖果甜点他的鼻子在玻璃上蹭出不少印子来，结果他在蛋糕和火腿间看到了一个不同的贝恩斯。他几乎没有认出那凸出的金鱼眼和谢了顶的前额。那分明是一个欢乐、勇敢而又富有冒险精神的贝恩斯，即便当你凑近细看后会发现，那其实是一个绝望的贝恩斯。

菲利普从来没见过那个姑娘。他记得贝恩斯有个侄女，他想也许这就是她。她身材细瘦，神情疲惫，身上穿了件白色的雨衣。这样一个姑娘在菲利普眼里是毫无意义的，她属于一个他一无所知的世界。

对她，菲利普编不出故事来，不像对老态龙钟的休伯特·里德爵士，也就是那位常任秘书长；不像对文斯-达德利太太，她每年一度会从萨福克郡的彭斯坦利带着一顶绿色阳伞和一个硕大的黑色手提包到他家来一趟，不像他跑去喝下午茶或是玩游戏那些人家的上层仆人。对这些人，菲利普看到他们的样子就能在脑子里为他们编出故事来。她就不属于那样一个世界。他想到了美人鱼和水女神，但她也不属于那里，也不属于埃米尔或是巴斯特布尔那类探险故事。她坐在那里，望着带糖霜的粉色蛋糕，像个完全被剥夺了继承权的人那般冷漠而又神秘，她也望着一些用过一半的脂粉罐，那是贝恩斯摆在他们俩面前那张大理石桌面的桌子上的。

贝恩斯在表达着请求、希求、恳求和要求，那姑娘看着面前的茶和瓷罐，哭了起来。贝恩斯隔着桌子递上手帕，但她没有用来擦眼睛，而是紧紧攥在掌心里，任凭眼泪流下。她什么也不做，什么也不说，对自己又害怕又想要的东西只是以一种令人绝望的沉默来抵抗，而且无论怎样都拒绝听对方说话。两颗脑袋就对着两只相亲相爱的茶杯在那里较着劲。这叫站在外面、隔着火腿黄蜂和脏兮兮的皮姆利科玻璃窗的菲利普看得一头雾水，还以为两人是在搏斗。

他好奇心很重，不明白又想明白，于是就走进去，站到门道里想看个究竟。此时的他不再像以前那样被遮蔽得严严实实了，其他人的生活第一次触及了他，给了他压力并影响着他。他永远也无法摆脱当时那个场景了。一个星期之后他把这事给忘了。但这件事影响了他的职业生涯，令他终身都过着清心寡欲的生活。在他弥留之际他还在问：“她是谁呢？”

贝恩斯赢了，他变得自我感觉良好起来，那姑娘也高兴起来。她抹去了脸上的泪水，打开了一罐脂粉，他们的手指在桌面上碰到了一起。菲利普忽然闪过一念，要是自己在门这边模仿贝恩斯太太的声音喊一嗓子“贝恩斯”，这事儿肯定会特好玩儿。

这嗓子一喊，两人顿时就枯萎了。你找不到其他的方法来描述当时的景象了。这声喊让他们变小了，他们再也不高兴了，他们再也不勇敢了。贝恩斯第一个醒过神来，找到了声音的源头，但已经无济于事了。这个下午已经撒下了锯末，无论你做什么都无法再修补了，这让菲利普吓坏了。“我不是想要……”他想说他爱贝恩斯，想说这么做只是想要取笑一下贝恩斯太太。但他发现贝恩斯太太是无法被取笑的。她不是休伯特·里德爵士，他会用鹅毛管笔写字，还在口袋里揣一块抹笔布；她不是文斯-达德利太太；她是一阵风吹灭了通宵蜡烛后的黑暗；她是他有一年冬天在墓地见到过的冻得硬邦邦的土地，当时有人说“这得用电钻才行”；她是彭斯坦利那间小壁橱里变质发臭的花。没什么好取笑的。她在的时候你得忍受她，她不在的时候你得尽快忘记她，竭力不想起她，拼命将其往下摁。

贝恩斯说“只是菲尔而已”，把他招呼进来，给他吃那姑娘没有吃的粉色糖霜蛋糕，但那个下午已然破碎了，蛋糕咽在喉咙里像干面包一样。那个姑娘很快就离开了，甚至忘了拿走脂粉。她背对着他们站在门道里的时候，像是被白色雨衣裹着的一根小小的钝头冰柱，然后便融化到了那个下午之中。

“她是谁？是你的侄女吗？”

“哦，对，就是她，她是我侄女。”说着他把最后几滴水倒在了茶壶中那些粗黑的茶叶上。

“不妨再喝一杯吧。”贝恩斯说。

“喝一杯提提神。”这话他说得很是绝望，眼睛一直望着壶嘴里析出的苦苦的黑色液体。

“要再来杯姜汁汽水吗，菲尔？”

“我很抱歉，我很抱歉，贝恩斯。”

“这不是你的错，菲尔。呵，我觉得这不是你的错，是她的。她在哪儿都是一副偷偷摸摸的样子。”他用指头把两片茶叶从杯子里捞了出来，放在自己的手背上，一片是细软的叶子，另一片是一根硬硬的茎。他用另一只手朝它们一拍。“今天，”那根茎离开了手背，“明天，星期三，星期四，星期五，星期六，星期天。”拍到第七下那片细软的茶叶也没有粘上来，一直留在原处，被他一下下的拍打弄得越来越干，以人们难以相信的顽强在抵抗着。“算你狠，服了你了。”贝恩斯说。

他站起身来付了账，他们出门来到外面的大街上。贝恩斯说：“我不想请求你说假话，但你没必要跟我太太提起我们在这里的相遇。”

“当然不会。”菲利普说这话的时候捕捉到了休伯特·里德爵士的一点神采，“我懂的，贝恩斯。”但他什么也不懂，他陷入到了别人见不得光的事情当中。

“这么做很蠢，离家这么近，可我没时间思考了，你知道吗？我一定得见到她。”贝恩斯说。

“当然啦，贝恩斯。”

“我没时间可浪费了，我不年轻了。我必须得确保她没事儿。”

“你当然得这么做，贝恩斯。”

“贝恩斯太太只要能就一定会从你嘴里掏出话来。”

“你可以信任我，贝恩斯。”菲利普用里德那种干涩但听上去很具重要性的嗓子说道，稍后他又加了一句，“小心，她从窗子朝这儿看呢。”她的确是从那儿，从地下室的房间，透过蕾丝窗帘的缝隙向上看着他们，一副若有所思的样子。“我们必须得进去吗，贝恩斯？”菲利普问。他说这话的时候只觉得一股寒气重重地压在自己的胃上，像吃了太多布丁的那种感觉。他攥住了贝恩斯的臂膀。

“小心，”贝恩斯温柔地鼓励道，“小心。”

“可我们非得进去吗，贝恩斯？现在还早呢，带我到公园里去散散步吧。”

“最好不要。”

“可是我害怕，贝恩斯。”

“你没任何理由害怕，没有什么东西会伤害你。你只管从楼梯跑回儿童房去行了，我会下去跟我太太说的。”可就算是他也在上了石头台阶后犹豫着停了下来，假装没有看到她在透过窗帘看自己。“从前门进去，菲尔，上楼梯去。”

菲利普没有在厅里逗留。他跑了起来，从贝恩斯太太打过蜡的镶木地板上一滑而过，来到了楼梯跟前。透过一楼起居室的门道他看到那些披了防尘罩的椅子，即便是壁炉台上的瓷钟也像金丝雀鸟笼般被罩了起来。菲利普经过的时候，那钟敲了四点，声音在防尘罩下闷闷的，透着点神秘。在儿童房的桌子上，他发现晚餐已经摆好了：一杯牛奶、一片黄油面包、一块甜饼干和一份冷了的不加蛋白酥皮的女王布丁。他一点胃口都没有。他竖起耳朵来听贝恩斯太太的动静，听说话的声音，但地下室是兜得住秘密的，绿呢门把那个世界封闭得严严实实。他喝了牛奶，吃了饼干，但没有碰别的东西，很快他就能听到贝恩斯太太那轻柔而又精准的脚步声了：她是个很好的仆人，走路很轻；她是个有决断的女人，每一步都走得很精准。

但她进来的时候并没有怒气冲冲，打开儿童房房门的时候她甚至还带了点讨好的姿态——“您散步散得开心吗，菲利普少爷？”——

说完拉下百叶窗，帮他摆好睡衣睡裤，再回来清理他的晚餐。“我很高兴贝恩斯找到您了。您母亲是不会喜欢您独自出去的。”她看了看托盘，“您胃口不太好啊，是吗，菲利普少爷？为什么不尝点这美味的布丁呢？我再给您多拿点果酱来配着吃。”

“不，不用，谢谢，贝恩斯太太。”菲利普拒绝道。

“你应该多吃点。”贝恩斯太太用鼻子像狗一样在房间里四下嗅着，“您没有从厨房的废纸篓里把什么瓶瓶罐罐给拿走吧，菲利普少爷？”

“没有。”

“您当然不会的。我只是确认一下。”她拍了拍他的肩膀，手指拂过他西服的翻领，拿掉了很小的一块粉色糖霜，“哦，菲利普少爷，这就是您没有胃口的原因了。您买过蛋糕甜点了，您的零花钱可不是拿来派这个用场的哟。”

“可我没有。”菲利普否认道，“我没买过。”

她用舌尖尝了尝那块糖霜。

“别对我撒谎，菲利普少爷。我跟您父亲一样，绝不容忍这样的事情发生。”

“我没买，我没买，”菲利普说，“他们给我的。我是说贝恩斯。”但她已经如往身扑上的野兽般抓住“他们”这个词了。她得到了她想要的东西。这已经确凿无疑了，哪怕你还不知道她想要的是什么。菲利普心中又是愤怒又是凄楚又是失望，因为他没有守住贝恩斯的秘密。贝恩斯不应该信任他。大人应该自己守住自己的秘密，然而贝恩斯太太马上又要托付给他另外一个秘密。

“让我来挠挠您的手心，看您能不能守住秘密。”但他把手放到了身后，不想被人碰到，“这是我们两个人之间的秘密，菲利普少爷，他们俩之间的事我全都知道。我想她跟他在一起喝下午茶吧。”

“她为什么不能呢？”他脱口而出道。对贝恩斯所负的责任压在了他的心上。一想到他没能守住贝恩斯的秘密却必须得保守贝恩斯太太的秘密，让他对生活的不公感到凄苦难当。“她是个好人。”

“她是个好人，对吧？”贝恩斯太太说话的那种怨愤声调是他所不习惯的。

“她是他的侄女。”

“这是他的说法罢了。”贝恩斯太太轻柔地对他回击道，像是被防尘罩罩着的钟。她竭力想显得是在开玩笑。“这个老恶棍。别跟他说我知道了，菲利普少爷。”她定定地站在桌子与门之间，凝神思考着，筹划着什么，“跟我保证您不会告诉他。我会把米卡诺钢铁组合玩具给您，菲利普少爷……”

他转过身去背对着她。他不会保证，可他也不会告诉。他不想跟他们的秘密，跟他们决定要赋予他的责任有什么干系。他急着想要忘记。他接收到的生活已经超出了他想要的份额，他感到了害怕。

“一套2A型的米卡诺组合玩具，菲利普少爷。”他再也没有打开过他的米卡诺组合玩具，再也没用它搭过任何东西，再也没创造出任何东西，到老都是样样半瓶醋，六十年后死的时候没有一样拿得出手的东西，只是保留下了那份记忆。贝恩斯太太用充满恶意的声音道的晚安，她的脚步落在楼梯上轻柔而又坚定，那脚步朝着地下室走去，一路向下，一路向下。

03

阳光从窗帘间流泻进来，贝恩斯用浇水勺敲打着节奏。“好消息，好消息！”贝恩斯坐在床尾对我说道，“谨向您发布通告，贝恩斯太太被叫走了。她的母亲已在弥留之际，她要明天才能回来。”

“你为什么要这么早叫醒我？”菲利普问，他略带紧张地看着贝恩斯。因为已经得了教训，他不想再被卷进去了。对于贝恩斯这个年龄的男人来说，做出如此开心的样子是不对的。就像人该有人样一样，大人该有大人样。要是一个大人能表现得如此幼稚，那你也有可能会在他们的世界里发现自己。这事儿出现在你梦中就足够了：躲在角落里的女巫，拿着刀的男人。所以他会抱怨“这么早”，尽管他爱贝恩斯，尽管他不由得会为贝恩斯高兴而感到高兴。他既对生活感到恐惧，又受到生活的吸引。

“我要让今天成为漫长的一天。”贝恩斯说，“真是最令人开心的时光。”他把窗帘拉开，“稍微有点雾。猫一整晚都在外面。它在那儿，在这一片到处闻来闻去的。59号的人没有把牛奶拿进去，63号的艾玛正在门外拍打垫子。”他说，“这一切正是我以前在非洲西海岸时对英国生活的想象：有人在拍打垫子，有猫回家来。这一幕我今天见到了，就像我依然还在非洲一样。很多时候你不会注意到自己已经有了的东西。只要自己不变得软弱，生活就还是好生活。”他拿出一便士来放到盥洗盆上，“等梳洗完了，菲尔，跑去街角的报贩那儿给我买份《邮报》来。我要去煎腊肠了。”

“腊肠？”

“腊肠。我们今天要庆祝一下，好好吃一顿。”吃早饭的时候他在庆祝，一直没有消停，讲笑话开玩笑，显得莫名其妙地兴奋与紧张。这将是非常非常漫长的一天，他不停地回到这句话上：有许多年他一直在等待着会有漫长的一天，他曾经在潮湿的非洲海岸酷热中出汗，换衬衫，发热倒下，躺在床单之间出汗，只是盼望着能有这么漫长的一天，猫在四周嗅来嗅去，起了一点雾，63号门口有人在拍打垫子。他把《邮报》支在咖啡壶上，把新闻一条条念出来。他说：“科拉·唐第四次结婚了。”他觉得挺好笑的，但这不是他想象中的漫长的一天。他的漫长的一天是去公园，看骑手们赛马，看阿瑟·斯蒂尔沃特爵士策马越过围栏（“他有一次在博城跟我们一起吃过饭，是从弗里敦[1]过来的，他是那里的总督”），再为了菲利普到科纳之家酒店去吃午饭（他会想要到约克酒吧来一杯烈性黑啤酒和一些牡蛎），逛逛动物园，再乘着巴士在最后的夏夜里长长地兜一圈回家：格林公园[2]的树叶已经开始变色了，车子挤挤挨挨地开出伯克利大街时，低落的太阳柔和地照耀在他们的挡风玻璃上。贝恩斯不羡慕任何人，不羡慕科拉·唐，不羡慕阿瑟·斯蒂尔沃特爵士，也不羡慕桑代尔勋爵，他大老远来，都上了军事俱乐部[3]的台阶了，却又掉头回去，因为他在那里实在找不到什么事情做，还不如回去再找份报纸看看。“我跟他说别再叫我看见你碰那个黑人。”贝恩斯过的是男人的一生。他跟菲利普讲这些的时候，巴士顶层上的每一个人都竖起了耳朵听着。

“你会开枪打他吗？”菲利普问。贝恩斯仰起头，在巴士转过皇家炮兵纪念碑的时候，把他那顶受人尊敬的黑色男仆帽倾斜出一个更佳的角度。

“我不会再去想这件事了，我要是开枪那就是要杀人的。”在他这般吹嘘的时候，车子正经过那座微微低头的雕像，头顶钢盔，披着

1 这里提到的两座城市都属于非洲的塞拉利昂，该国自19世纪起沦为英国的殖民地。弗里敦是塞拉利昂的首都，博城位于其西南方向。

2 伦敦的一座皇家园林，占地19公顷，位于海德公园和圣詹姆斯公园之间。

3 军事俱乐部（The Naval & Military Club），位于伦敦市中心的圣詹姆斯广场。

沉重的披风，步枪枪口朝下，双手交叉着。

“你有手枪吗？”

“我当然有，那儿那么多入室盗窃的，没把枪能行吗？”这是菲利普所爱的贝恩斯：不是唱着歌无忧无虑的贝恩斯，而是有担当的贝恩斯，是站在壁垒后面的贝恩斯，过着男人的生活。

所有从维多利亚车站鱼贯而出的巴士像是护航的飞机编队那样把贝恩斯风风光光地送回家。“四十个黑人在我的手下”，然后在地下室入口附近的室外台阶处等待着的是传统中该有的奖赏，在汽车该开灯时分出现的情人。

“是你的侄女。”菲利普认出了那件白色的雨衣，但却不是那张快乐的、带着倦意的脸。她像不幸运数字一般吓了他一跳。他差点想把贝恩斯太太说过的话告诉贝恩斯，可他不想多事，他想要任其发展。

“哈哈，就是如此。要是她想跟我们一起吃点晚饭，我丝毫都不会感到奇怪。”但他说他们要玩个游戏，假装他们不认识她，从室外台阶下去。“这就到了。”贝恩斯说完就铺开桌子，摆上了冷的腊肠、一瓶啤酒、一瓶姜汁汽水和一大瓶勃艮第葡萄酒，“各人喝各人的。上楼跑一趟，菲尔，看看有没有信。”

菲利普不喜欢黄昏时的家，空荡荡的，灯也都还没开。他跑得很急，想要快些回到贝恩斯身边。客厅静静地在昏暮中候着，准备要呈现一些他不想看的东西。这时几封信窸窣地落了进来，有人敲起了门。“以共和国的名义打开。”囚车开动，脑袋掉进血淋淋的篮子里。[1]敲，敲，敲了几声后邮递员的脚步便渐渐走远了。菲利普拿起那些信。门上的缝像珠宝行橱窗上的格栅，他记起他曾见到过警察朝里望。他问自己的保姆：“他在干吗？”她回答说：“他在看是否一切正常。”他当时一听这话，脑子里顿时充满了许多不正常的画面。他跑到绿呢门又顺着台阶一路跑到地下室。那姑娘已经在那儿了，贝恩斯正在亲她，她靠在梳妆台上，有点气喘吁吁。“这是艾米，菲尔。”

“有一封信是给你的，贝恩斯。”

“艾米，是她的信。”但是他没有把信拆开，“她肯定是要回来了。”

“我们晚饭总还是得吃的。”艾米说，“她没法破坏我们的晚餐。”

“你不了解她。没有什么是安全的。该死。”他说，“我以前是个男子汉。”说着他拆开了信。

“我可以开始吃了吗？”菲利普问，但贝恩斯没有听见。他以沉默不语和专注提供了一个成年人注重书面字句的典范：如果你要表示感谢，你还非要写下来，而不是等着当面说出来，就仿佛那些书信不

1 这里应该是主人公听到敲门声后的臆想，他联想到了法国大革命时期的政治恐怖，外面有人破门而进，将人押上囚车抓走，随即送上断头台。

会说谎一样。但菲利普懂的比这要多，有次爱丽丝姨妈给了他一个玩偶，这个玩偶对他来说已经太幼稚了，但他在给姨妈的信中充满了感激之词。书信不仅也会说谎，而且还会使谎言变得永久：它们会成为对你不利的证据，它们会让你比那些说出来的话更加卑劣。

“她要到明天很晚才回来。”贝恩斯说完打开了那些酒瓶，把椅子从桌子底下一把把拖出来。他再次亲吻艾米，把她亲得靠到了梳妆台上。

“别这样，有孩子在呢。”艾米嗔怪道。

“他早晚得学，跟我们一样。”他给了菲利普三根腊肠，自己只拿了一根。他说他不饿，可当艾米说她也不饿，他站起身来，逼她乖乖吃了。他对她有点紧张，有点粗鲁。他让她喝勃艮第葡萄酒，因为他说她得练练酒量。他不接受艾米回答他不，但触碰她的时候他的双手是轻盈的，也是笨拙的，仿佛怕破坏某样脆弱而又精致的东西，不知道该怎样对付如此轻柔的东西。

“这比牛奶和饼干好吧，嗯？”

“对。”菲利普答应道，但他有点害怕，既是怕贝恩斯，也是怕他自己。每吃一口东西，每喝一口姜汁汽水，他都忍不住会去想，要是贝恩斯太太知道了这顿饭会怎么说。他无法想象，贝恩斯太太的怨毒与愤怒是深不可测的。他问：“她今天晚上不回来？”从他们俩马上就明白了他的意思你就知道她根本就没有离去，她就在地下室里，跟他们在一起，驱使着他们酒喝得越来越久，天聊得越来越大声，估算着时间以一句怎样的话插入进来。贝恩斯并不是真的高兴，他只是紧盯着眼前的快乐，而不是从远处在看。

“不，她要明天很晚才回来。”他无法将他的目光从眼前的快乐上拿开。他像其他男人一样四处玩乐，他一直在回到非洲海岸去，似乎要为自己的天真找借口。如果他一直生活在伦敦的话，他不会如此天真，在他充满柔情的时候尤其如此。“如果换了你，艾米，”他看着那白色的梳妆台，看着那些擦洗得干干净净的椅子说，“这就像是个家了。”此时，这个房间已经不那么生硬了，角落里有了一点灰尘，银器需要最后再擦一遍，早晨的报纸零乱地摊在椅子上，“你最好上床去了，菲尔，今天是漫长的一天。”

他们没有让他独自穿过萦绕着黑暗的房子摸索上楼去。他们跟他一起走，按亮电灯，在开关上手指相互轻触。一层接一层，他们把暗夜驱赶回去。他们在罩起来的椅子中间柔声说话。他们看着他脱衣服，他们没有逼他洗脸刷牙，他们看着他上床，为他点上通宵蜡烛，让他的门半开着。他能听到他们在楼梯上说话，那种友好的腔调就像他在家里举办宴会时听到那些宾客缓步走向客厅，边走边道着晚安。他们俩是合适的一对儿，无论在哪里都给人带来家的感觉。他听到一扇门打开，一个座钟响起，他听他们说话的声音听了很久，这让他觉得他们并没有离他很远，他是安全的。说话声并没有渐渐变轻，而是一下子消失了，他不确定他们是否还在某个离他不远的地方，一起无声地待在许多空房间中的某一个，一任睡意渐沉，就像他在经过了这漫长的一天后那样，感受到倦意袭来。

他刚在睡前心满意足地嘘出一口气，因为这或许也是生活，睡眠那不可避免的恐怖就又来造访他了：一个为陛下效力的戴三色帽的男人使劲地敲门，一颗流着血的脑袋躺在厨房桌子上的篮子里，一群西伯利亚狼偷偷摸摸地越走越近。他的手和脚都被捆住了，动弹不得；它们在他身边转来转去，发出粗重的呼吸声。他睁开双眼看到贝恩斯太太，她那凌乱的灰发一缕一缕地覆在脸上，黑色的帽子歪戴着。一只发卡松脱了，掉落到枕头上，一缕散发着霉味儿的头发拂过他的嘴。“他们在哪儿？”她低声问道，“他们在哪儿？”

04

菲利普惊恐地望着她。贝恩斯太太喘着粗气，就好像她一直在那些空房间里搜索，把那些罩子都翻过一遍一样。

她头发凌乱，穿着扣子一直扣到喉咙的裙子，戴着黑色的棉手套，活脱脱像是他梦中那些不敢与其说话的女巫。她的呼吸中有一种陈腐的气息。

“她在这儿，你骗不了我，她在这儿。”她的脸上同时显现出了残忍与凄苦。她想要“给别人颜色看”，可她自己也一直受着折磨。此时她恨不能大声喊出来，但她不敢那样做：这样一来会令他们得到警告。她讨好地回到菲利普僵卧着的床边低声说道：“我没忘记米卡诺组合玩具。你明天就会得到的，菲利普少爷。我们有共同的秘密，不是吗？告诉我他们在哪儿。”

他说不出话来，恐惧像噩梦一般牢牢地攫住了他。她说："告诉贝恩斯太太吧，菲利普少爷。你是爱你的贝恩斯太太的，对吧？"这实在是太过分了。他虽然说不出话来，但他能动嘴表示出惊恐万状的否认，能咧嘴皱眉地闪躲她那布满尘垢的形象。

她凑到离他更近的地方低声说道："这等欺骗行为，我要告诉您父亲。等我找到他们后再来跟您好好解决这事儿，你会感到痛的，我要看着你痛苦。"然后她突然不出声了，凝神静听。下面一层楼传来吱嘎一声地板的响动，俄顷，在她俯身在他床边细听时，传来了两个人的低语声，那是在经历了漫长一天后带着欢乐与困倦的低语声。通宵蜡烛摆在镜子旁边，贝恩斯太太可以满含怨愤地在镜子里看到自己，凄苦与残忍交替出现着，一个上了年纪的女人，尘满面，鬓如霜，了无期盼。她呜咽起来，没有泪水，只有一种干涸的、透不过气来的声响，但她身上的残忍是一种骄傲，推动着她继续向前，那是她最好的品质，若是连这都没了，她就只是个可怜虫了。她踮起脚走出门外，摸索着来到楼梯平台。她下楼的脚步那么轻柔，屋里的人隔着门断断是听不到的。接下来便是一片死寂。菲利普能动了，他抬起膝盖，他在床上坐了起来。他想要死。这不公平，横亘在他的世界与他们的世界之间的墙又一次倒下了。这次比上次成年人硬要与他分享欢乐还要糟糕，这次是一种在屋子里四处涌动的激烈情感，他能分明地感受到，却无法理解。

这不公平，但他欠贝恩斯很多很多：动物园之行、姜汁汽水、回家的巴士之旅，即便是那顿晚餐也在呼唤着他的忠诚。但他怕极了，他正在触碰的是他在梦里触碰的东西：流血的脑袋，狼群，敲、敲、敲，不停的敲门声。生活如此凶猛地砸落到他头上，若他在今后的六十年中再也未能直面生活，你可不能责怪他。他起身下床，凭着习惯小心翼翼地穿上卧室的拖鞋，蹑手蹑脚地走到门边：下面的楼梯平台上并不算暗，因为窗帘已经摘下来去洗了，街上的灯光从高高的窗户中透了进来。贝恩斯太太把手放在玻璃门把手球上，她正在小心翼翼地转动着。他叫了起来："贝恩斯，贝恩斯！"

贝恩斯太太转过头来，看见他正穿着睡衣在楼梯栏杆边瑟瑟发抖。他很无助，甚至比贝恩斯还要无助。贝恩斯太太身上的残忍在她看到菲利普后渐渐占了上风，驱策着她沿着楼梯向上走来。噩梦重又魇住了他，他浑身动弹不得。他再也没有一点点勇气剩下，他已将其消耗净尽，没有得到时间来重新滋生勇气，没有经年累月的时间来让他慢慢坚强起来。他甚至连叫都叫不出来。

但刚才那最初的一声喊已经将贝恩斯叫出了最好的一间空着的卧室，而他在行动上是要比他太太更为敏捷的。还没等她来到楼梯顶端，他就已经抱住了她的腰。她举起手中的黑色棉布手套照着他的脸抽去，他一下咬住了她的手。他没有时间思考，像个陌生人那样凶狠地跟她交手，但她的还击却怀着由来已久的恨意。他们三个她都要给点教训，因此先从哪个开始是无所谓的。他们全都欺骗了她。但镜子里那个年老的形象就在她身旁，告诉她她必须得不失体面，她已经不够年轻去做出不顾体面的事了。她可以打他的脸，但她绝不会咬人；她可以推搡，但她绝不会用脚踢。

尘满面、鬓如霜、了无期盼是她的阻碍。她翻出了栏杆，化作一缕黑衣服的风，跌落到了客厅里。她躺在前门边，像一袋应该送往地下室的煤。菲利普看见了，艾米看见了。她突然瘫坐在最好的那间空着的卧室门口，眼睛瞪得大大的，仿佛疲惫到了无以复加的地步。贝恩斯缓慢地下到了客厅里。

菲利普要逃跑并不是什么难事，他们已经把他完全给忘了。因为贝恩斯太太在客厅里，他从后面仆人用的楼梯下楼。他不明白她躺在那里干什么。就像没有人给他念过的一本书中那些吓人的图画，这些他所不理解的事令他感到恐惧。整栋房子已经变成了大人的世界。他在儿童房中已经不安全了，它已经被大人们的激烈情感给淹没了。他唯一能做的便是离开，从后楼梯下去，再上到门侧的空地，然后再也不回来了。你不能去想什么天冷啊，想要吃饭睡觉啊，只要一小时就似乎有可能永远从人们身边逃开了。

他踏进门前的广场时还穿着睡衣和卧室里的拖鞋，但是没有人来看他。对一个居住区来说，这会儿正是所有人都上剧院看戏或躲在家里的时刻。他翻过铁栏杆进到小花园里，梧桐树伸展开它们巨大的浅色手掌，遮挡在他与天空之间。他或许跑进了一片无边无际的森林。他屈膝躲在一棵树干后面，狼群退去了。他置身在小小的铁座椅和树干之间，觉得再也没有人能找到他了。他有点高兴，又有点自怜，这两种情绪叠加到一起让他很不舒服，不由得哭了起来。他迷失了。再也不会有秘密需要他保守了，他永永远远地放弃了责任。让大人守着他们的世界，他要守着他自己的，安安全全地待在这个小花园里，待在梧桐树之间。“在犹大失落的童年，耶稣被出卖了。”你几乎可以眼见那张小小的尚未定型的脸一点点变成了一张带着深深的浅薄与自私的大人脸。

没过多久，48号的门打开了，贝恩斯探出头来左右张望着，然后他做了个手势，艾米出现了。他们的样子就像掐着点赶上火车那样，连话别的机会都没有。她急匆匆地走了过去，像月台上看到的火车车窗后一掠而过的一张脸，苍白，悲戚，不愿别离。贝恩斯走回房子里关上了门。地下室里亮着灯，一个警察在广场上转圈，四下里巡看着。只要看看二楼窗帘后面的灯光，便能知道有多少家家中有人了。

菲利普探索了一下花园，这并没有花太多时间：小花园二十码见方，主要是灌木和梧桐、两把铁座椅、一条砾石铺就的小径、两头各一扇带挂锁的门、一把清扫落叶用的耙子。但他不能在此久留，灌木丛里有东西在动，两只亮闪闪的眼睛在丛中窥着他，像是一只西伯利亚狼，而且他还想，要是贝恩斯太太在这里找到他的话，那该有多可怕啊。他不会有时间翻栏杆的，她会从后面一把抓住自己。

他从不太热闹的一头离开了广场，马上便置身在了一片炸鱼薯条店、卖小型台球的小文具店和敞着门的出租屋与脏兮兮的小旅馆之中。周围人很少，因为酒吧还没有打烊，但一个拎着包袱的邋遢女人从街对面大声地召唤他，而要不是他因此过了马路的话，就会被站在电影院外面的一个门警给拦下。他向更深处走去，在这里你会比在梧桐树间走得更远，更完全地迷失自己。在广场的边缘，他面临被拦下、被带回的危险。他属于哪里，这是再明显不过的，但随着他走得越来越深，他失去了那些表明他出处的印记。这是一个温暖的夜，任何一个生活在那些无拘无束地区里的孩子都有可能没在床上规规矩矩地睡觉。他甚至在大人们当中也找到了一种友情。在他匆匆走过的时候，他也许会是某个邻居家的孩子，但他们并不准备告发他，他们自己也曾经年轻过。在人行道上走了半天后，尘土为他披上了一层保护装，而喷着火从背后经过的火车又为他披上一层煤烟。有一次他碰到一群孩子正在逃离某样东西或是某个人，他们将他裹挟了进去，边跑边笑，他陷在他们的旋涡里转过一个街角后才被抛下，手里多了一颗黏糊糊的熟落的果子。

他已经变得无法更加迷茫了，但他没有毅力将这种状态维持下去。刚开始的时候他怕有人会拦下他，一个小时以后他盼着有人能拦下他。他找不到回家的路，而且再怎么说他也不敢独自回家。他害怕贝恩斯太太，比以往任何时候都怕。贝恩斯是他朋友，但发生了某件事，这使得贝恩斯太太占尽了上风。他开始东游西逛，想要被人注意到，但没人注意到他。一家家人都在门口做最后的休息，垃圾桶全都摆到了外面，一片片的卷心菜梗弄脏了他的拖鞋。空气中充满了人声，但他被隔绝了，这些人是陌生人，而且永远都会是陌生人。贝恩斯太太在他们身上都做了标记，他羞怯地躲开他们，躲进了深深的阶级意识中。他以前一直都怕警察，但现在他想要有个警察来带他回家，就连贝恩斯太太也会对警察奈何不得。他悄悄走过一个正在指挥交通的警察，但他太忙了，根本无暇注意到他。菲利普靠着一堵墙坐下，哭了起来。

他一点都没想到这其实就是最容易的办法，你所需要做的就是投降，表现出你被打败了，愿意接受善意……满满的善意马上就来了，来自两个女人和一位当铺老板。又一位警察出现了，这是个年轻人，脸一看上去就是对什么都信不过的样子。他摆出一副把见到的一切都写进了口袋里的小本本并且得出了结论的样子。有个女人主动提出要送菲利普回家，但他信不过她：她绝对不是躺在客厅里一动不动的贝恩斯太太的对手。他不愿意把自己的地址给她，他说他害怕回家，他有自己的办法，他得到了自己想要的保护。“我来送他去车站吧。”那个警察说。他笨拙地牵着菲利普的手（他还没结婚，他要先在事业上干出点名堂来），领着他转过街角，沿着石头楼梯走进那个小小的、没有什么摆设、暖气开得太足的房间，贾斯蒂斯[1]正在那里等着他。

1 此人的名字英语为Justice，有“正义”的意思。

05

贾斯蒂斯坐在木头柜台后面的一张高脚凳上等着。他长着浓密的短髭，为人和蔼，有六个孩子（“三个跟你一样是男孩”）。他并不真对菲利普感兴趣，却装出一副很感兴趣的样子。他把地址写了下来，又叫一个警察拿来一杯牛奶。但那个年轻警察倒是感起兴趣来，他对于事物有着敏锐的嗅觉。

“你们家装电话了吧，我猜。”贾斯蒂斯说，“我们会给他们打电话说你很安全的，他们马上就会来接你。你叫什么来着，孩子？”

“菲利普。”

“另外的名字？”

“我没有另外的名字。”[1]他不想被人接回去，他想要有个连贝

1 贾斯蒂斯想知道的其实是孩子名字中另外那部分，也就是孩子的姓。但菲利普不想让人知道他是谁家的孩子，所以故意把这个问题曲解成“还有没有别的名字”，所以后面说他在回避问题。

恩斯太太也能镇住的人把他送回去。那个年轻警察一直盯着他看，看他喝牛奶的样子，看他回避问题。

“你为什么要离家出走？逃学吗，嗯？”

“不知道。”

“你不该这么做啊，小老弟。想想，你爸妈该有多着急啊。”

“他们出门了。”

“哦，那你的保姆呢？”

“我没有保姆。”

“那谁照顾你呢？”这个问题问到点子上了。菲利普看到贝恩斯太太顺着楼梯向他走来，客厅地上黑棉布下的一堆。他哭了起来。

“喂，喂，喂。”警官有点不知该如何是好了，他希望自己的妻子能在身边，哪怕有个女警说不定也能派上用场。

“你们不觉得好笑吗？”警官说，“居然连起码的盘问都没有？”

“大家都觉得他是安安稳稳睡在床上的。”

“你受到惊吓了，是吧？”警官问，“是什么惊到你了？”

“我不知道。”

“有人伤害你了吗？”

“没有。”

“他做梦了，”警官说，“我想他是以为家里着火了。我养大过六个孩子呢。罗斯就快要回来了，她会送他回家的。”

“我想要跟你回家。”菲利普说。他竭力想对着那年轻警察挤出笑容，但装得既不成熟又没起到作用。

“还是我来走一趟吧。”年轻警察说，“也许有点不太对劲的地方。”

“说什么呢？这是女人干的活儿。动脑子才是你要干的。罗斯来了。把袜子拉好，罗斯。你可真是给警队丢脸。我有件活儿要叫你干。”罗斯拖着脚走了进来，黑色的棉袜褪到刚过靴帮，一副呆呆的女童子军模样，嗓门粗粗的很不客气：“又是妓女吧，我猜。”

“不，你得送这位小老弟回家。”她用猫头鹰一样的眼神望着他。

“我不会跟她走的，”菲利普又哭了起来，“我不喜欢她。”

“多来点女性魅力，罗斯。”警官吩咐道。这时桌上的电话响了起来，他拿起听筒。“什么？那是什么？48号？你有医生？”他把手捂住电话的送话器，“难怪这小子没人替他报失踪，他们那儿忙成一锅粥了。意外，女人从楼梯上失足跌落了。”

“严重吗？”年轻警察问。警官对他比了个口型。在孩子面前是不能提死字的（他难道不知道吗？他有六个孩子），人们在喉咙里发点模糊的声音，人们挤眉弄眼，或者换成一些孩子听不懂的说法。

“你还是走吧，”警官说，“写一份报告。医生在那儿。”

罗斯从火炉边拖着步子走来，脸蛋儿红扑扑的，袜口松松地耷拉着。她双手背在身后，一张大嘴活像停尸房，里面全是黑黑的牙齿。“刚才还叫我只是送他回去，现在就因为发生了一些有意思的事情……真是姓贾的说话也假啊[1]……”

“谁在房子里？”年轻警察问。

“管家。”

“你不觉得这孩子会看见点什么吗？”

“相信我，”警官说，“我养大过六个。我对孩子了解得透透的，关于孩子的事儿轮不到你来教我。”

“他似乎被什么事情给吓到了。”

“做噩梦了呗。”警官说。

“管家叫什么？”

“贝恩斯。”

“这位贝恩斯先生，”年轻警察对菲利普说，“你喜欢他，对吧？他对你很好？”他们现在想从他这里套点话出来了。他对整屋子的人都起了疑心。他不置可否地说了声“是吧”，因为他对于任何有着更多责任、更多秘密的时刻都感到害怕。

“那贝恩斯太太呢？”

---

1 这句话的原文是“I don't expect justice from a man…”女警对于送孩子回家变成出警查案而对长官感到不满，所以想说从叫贾斯蒂斯（Justice）的人那里也得不到公平待遇（justice），这是拿长官的名字开双关的玩笑。

“是吧。”

他们在桌边商量起来。罗斯声音嘶哑，语气愤愤不平。她像是一个在模仿女性的男演员一样，故意做出一副很女人的样子来，尽管从她皱巴巴的长袜和毫无保养的脸可以看出她对这些是很不屑的。炉子里的煤烧得都挪动了位置，在原本不算太热的晚夏天气里，这间屋子已经热得有点过头了。墙上贴了一张通告，描述了在泰晤士河里找到的一具尸体，或者不如说是尸体的衣物：羊毛背心、蓝条羊毛衬衫、十码的靴子、肘部磨破的哔叽西服、十五号半的赛璐珞假领。他们找不到任何话来描述那具尸体，除了衣物的各种尺寸，这只是一具平平无奇的尸体。

“来吧。”年轻警察说。他对菲利普颇感兴趣，很高兴能走这么一趟，但他也忍不住为自己的伙伴，一个穿着睡衣裤的小屁孩，而感到尴尬。他的鼻子闻到了什么东西，他不知道是什么，但一看到他们所造成的欢愉不禁心头一紧：原来那些酒吧已经关门了，街上又充满了想把消遣进行到底的人。他快步穿过那些走的人少些的街道，挑选更加暗一些的人行道，绝不闲逛，而菲利普却变得越来越想闲逛，拽着他的手，步子越拖越厉害。他害怕看到贝恩斯太太等在客厅里的情景：现在他知道她已经死了。警官的口型传递了这个消息，但她没有被埋葬，没有去到他看不见的地方。等到门打开的时候，他将会看到一个死人。

地下室里的灯亮着，让他稍感放松的是，年轻警察朝着室外台阶走去。也许他根本不用见到贝恩斯太太了。年轻警察沿着台阶来到地下室门口，因为周围太暗看不到门铃在哪儿，他敲了敲门，贝恩斯出来应了门。他站在整洁明亮的地下室房间的门道里，你可以看得出他准备好了一套充满悲伤、自鸣得意却又似是而非的话，而在一见到菲利普之后这些话马上凋谢了。他没有料到菲利普会像那样由警察陪着回来，他不得不开始重新构思。他不是一个善于欺骗的人，如果不是为了艾米的话，他会做好把真话和盘托出的准备，然后听天由命。

“贝恩斯先生？”年轻警察问道。

贝恩斯点了点头。他还没有找到该说的话，对面那张仿佛洞悉一切的睿智脸庞和菲利普的突然出现令他心惊胆战。

“这个小孩是这儿的吗？”

“对。”贝恩斯应答道。菲利普能够感觉到，他有什么信息竭力想要传递，但又在心中拼死抵抗着。他爱贝恩斯，但贝恩斯将他卷进了秘密，卷进了他所不能理解的恐惧之中。早晨还熠熠生辉的想法“这才是生活”在贝恩斯的言传身教下变成了令人厌恶的回忆，“那竟是生活”：散发着陈腐气息的头发掠过他的嘴，气喘吁吁地残酷拷问“他们在哪儿”，黑棉布裹着的一堆坠落到客厅。这便是你爱了的结果：你卷进去了。现在菲利普凭着一种无情的自私自利之心把自己从生活当中、从爱当中、从贝恩斯身上给拔了出来。

他们之间是有过一些东西的，但他把这些都放下了，就像一支撤退的军队切断了电线，破坏了桥梁。在一个被放弃的国度里你会留下许多珍贵的东西——公园里的一个早晨、科纳之家吃过的一份冰激凌，晚餐的腊肠——但撤退比暂时的损失更值得关注。总会有些老弱的人，他们在车轮滚滚而去时苦苦哀求，要求把他们带上，但你不能为了他们让后卫部队冒风险：让整场撤退遭到拖延，一场从生活、从关爱、从陷进去的人际关系中的大撤退。

“医生在这儿。”贝恩斯说，他朝着门仰了仰头，润了一下自己的嘴唇，眼睛一直盯着菲利普，像一条你弄不明白它意思的狗那样乞求着什么，“没什么好做的，她在通向地下室的楼梯上失足跌倒了。我当时在这里，我听到她跌下来的。”他没有去看年轻警察在一页纸上用细长的笔迹写得密密麻麻的东西。

“那孩子看到过什么吗？”

“他不可能看到，我想他当时在床上。咱们最好上楼去吧，真是令人震惊的事情，哦。”贝恩斯说着说着有点失控了，“这事儿对一个孩子来说实在是太让人震惊了。”

“她是在这儿咽气的吗？”年轻警察问。

“我连一英寸都没搬动过她。”贝恩斯说。

“他最好——”

“从这儿上到广场去，穿过客厅。”贝恩斯说着又像狗一样无声地向他乞求着：再多一个秘密，保守住这个秘密，为了老贝恩斯，他不会再有别的要求了。

“来吧，”警察说，“我送你去上床。你是一位绅士，你必须像主人一样以得体的方式从前门进。贝恩斯先生，在我见医生的时候，能请您跟他一起去吗？”

“好的，”贝恩斯答应道，“我会的。”他穿过房间来到菲利普面前，乞求、乞求，一直用他那柔软的老笨表情：这是贝恩斯，昔日在非洲西海岸叱咤风云的人；要来一份棕榈油煎的肉排吗；充满男子气的一生；四十个黑人；从来没有用过枪；我告诉你我忍不住会喜欢他们：那不是我们所谓的爱，那不是我们能理解的东西。这些信息从设置在边界的最后一批哨卡中借着电波嘀嘀嘀地飞出来，在请求，在哀恳，在提醒：这是你的老朋友贝恩斯，来点午前茶点怎样，一杯姜汁汽水不会对你有任何坏处的，腊肠，漫长的一天。但是电线被切断了，信息消散在了地下室房间那巨大的虚空中，这房间擦洗得干干净净，从来也没有一个地方能让一个男人藏匿他的秘密。

“来吧，菲尔，到上床时间了，咱们从台阶上去……”嘀，嘀，嘀，电报发来；你能熬过去的，别说出来，有人会把对的那根电线修复的。“再从前门进去。”

“不，”菲利普说，“不，我不走。你别逼我，我会反抗的。我不要见到她。”

年轻警察马上向他们转过身来：“怎么回事？你为什么不走？”

“她在客厅里。”菲利普说，“我知道她在客厅里，她死了，我不要见到她。”

“这么说你搬动过她？”年轻警察对着贝恩斯说道，“一直搬到了这儿？这么说，你一直在撒谎咯？这意味着你必须得清理……你是一个人吗？”

“艾米，”菲利普说，“艾米。”他再也不准备保守任何秘密了，他要一次性地把一切都了结，跟贝恩斯了结，跟贝恩斯太太了结，跟他无法理解的大人的生活了结。这不是他的事，而且他在心中做出了决定，他永远、永远也不再会分享他们的秘密，不与他们结下伙伴关系了。“这全是艾米的错。”他大声说出这话时身上还起了一激灵，这让贝恩斯想起他毕竟只是个孩子。期待从一个孩子那里得到帮助原本就是无望的。他是个孩子，他不知道这一切都意味着什么，他读不懂自己表达出来的恐惧。他度过了漫长的一天，已经筋疲力尽了。你可以看到他靠着梳妆台已经昏昏欲睡了，即将堕入到那舒舒服服的属于儿童房的平静。你不能责怪他，等他第二天早上醒来的时候，他会几乎什么都不记得。

“说吧，”年轻警察带着职业的狠劲对贝恩斯说道，“她是谁？”这也正是六十年后那位老人突然惊醒自己的秘书，他唯一的看护者时间的问题。“她是谁？她是谁？”声音越来越轻，直至死亡。在这一路上，他或许见到了贝恩斯的形象：绝望的贝恩斯，脑袋耷拉下来的贝恩斯，坦白交代的贝恩斯。

《第三人》与《堕落的偶像》

格雷厄姆·格林生于1904年。从牛津大学的贝利奥尔学院毕业后，他在《泰晤士报》担任了四年助理编辑。第四本小说《斯坦布尔列车》的出版令他在文坛确立了声名。1935年他进行了一次穿越利比里亚的旅行，并将见闻记录在了《没有地图的旅行》一书中。归来后，他应《旁观者周刊》之聘担任影评栏主笔。他于1926年改投到天主教门下，并于1938年访问墨西哥，对那里的宗教迫害进行了报道。根据此次采访，他先是写出了《无法无天的道路》，随后又写下了著名的小说《权力与荣耀》。1938年他出版了《布赖顿硬糖》，1940年他成为《旁观者周刊》的文学编辑。翌年他接受外交部的任命被派驻塞拉利昂，任期自1941至1943年，这段经历令他后来写出了以西非为背景的小说《命运的内核》。

格雷厄姆·格林不仅创作有多部长篇小说，也写了几部短篇小说集、四部游记、六个剧本、三部自传——《生活曾经这样》《逃避之路》和《我自己的世界》（去世后出版），以及两部传记和四本儿童读物。此外，他还写下了数百篇随笔与影评书评，其中一些收录在了《沉思集》和《黑暗中的晨光》这两本随笔集中。他的许多长篇和短篇小说被翻拍成了电影，《第三人》当初就是为电影而作的。格雷厄姆·格林获得过英国功绩勋章，并被授予荣誉勋爵。1991年4月，格雷厄姆·格林与世长辞。

图书在版编目（CIP）数据

第三人 / (英) 格雷厄姆 · 格林 (Graham Greene)
著 ; 吴刚译. -- 南京 : 江苏凤凰文艺出版社, 2020.5
书名原文: The Third Man and The Fallen Idol
ISBN 978-7-5594-4717-3

Ⅰ. ①第… Ⅱ. ①格… ②吴… Ⅲ. ①中篇小说 - 英
国 - 现代②短篇小说 - 英国 - 现代 Ⅳ. ①I561.46

中国版本图书馆CIP数据核字(2020)第050484号

图字：10-2019-696 号

第三人

［英］格雷厄姆 · 格林 著　　吴刚 译

责任编辑	丁小卉
特约编辑	霍　伟　　王　品
装帧设计	苏　哲
责任印制	刘　巍
出版发行	江苏凤凰文艺出版社 南京市中央路165号，邮编：210009
网　　址	http://www.jswenyi.com
印　　刷	北京中科印刷有限公司
开　　本	880 × 1230 毫米 1/32
印　　张	6.5
字　　数	119 千字
版　　次	2020 年 5 月第 1 版　2020 年 5 月第 1 次印刷
书　　号	ISBN 978-7-5594-4717-3
定　　价	52.00 元